AQUARIUS

AQUARIUS

AQUARIUS

AQUARIUS

每個人心中都有一座島嶼，

藉文字呼息而靜謐，

Island，我們心靈的岸。

十月五日之風雨大作
魏微 著

【推薦序】

這世代 這五人

施戰軍（著名評論家、《人民文學》雜誌社主編）

一九四〇年代至一九六〇年代初期出生、大致在一九九〇年代以前就已成名的資深中文作家，兩岸互有所知的名單可以列出很長一串。近十多年來，臺灣在大陸作品較有讀者緣的作家幾乎都是「五〇後」，比如龍應台、張大春、朱天文、朱天心，這幾年又加入了「六〇後」駱以軍；大陸在臺灣有一定知名度的作家則以「五〇後」和一九六〇年代初期出生的「六〇後」居多：王安憶、莫言、畢飛宇、蘇童、余華等等。

大量已經躋身文壇主力陣營的「六〇後」、「七〇後」以及「八〇後」作家，他們的創作其實構成了最為活躍的文學現場。而令人遺憾的是，對這一最不該被遮蔽的部分，兩岸尚欠缺彼此瞭解——「這世代」，在這裡就是特指兩岸在互相知情的狀況尚屬碎金閃耀階段的這一部分，「這世代」書系，便是意在實現兩岸優秀青年文學作品的互訪探親團隊的交流通航。

這五人，均為當今大陸最具實力和影響力的「這世代」標誌性作家。

徐則臣年齡最小，北大研究生畢業。少年老成，人生輾轉，書寫人世體驗，參透城鄉遷變。江蘇故鄉的「花街」和京城漂泊者兩個題材系列作品，串起古蒼而鮮活的成長敘事，一路奔襲，堅實地奠定了他在大陸小說界的地位。

盛可以有一般女性作家並不具備的洞穿生活和情愛本質的銳氣，因為有溫煦的嚮往，而勇於逼視冰冷，內心的抉擇常使筆下的人物懷持自由較真的倔強個性，寧願「揀盡寒枝不肯棲」，也不「教人立盡梧桐影」。對自我與世相的嚴苛省察，讓其凌厲敘事的基底，輝閃身心尊嚴的光芒。

文學專業出身的李洱，對鄉村中國的權利結構和知識分子心理隱祕有著的究根探底的強烈興趣，他以百科全書式的資質儲備和出眾的想像力，撥開層層謎團，破解內在疑難，考掘「玩笑」的儼存，警策歷史的輪迴，以貌似輕逸的言表撬開巨型話語的石門。

專注，氣定，憐愛筆下每一個文字，牽繫塵世人情，巴望現世安穩，為有攪擾而鬱結，為有阻礙而傷悲——如果現代以來的中文女作家可以這樣數來：張愛玲，蕭紅，林海音……再如果在這個序列可以容納今日活躍的作家，我願意加上魏微。世代到達了魏微這裡，暖老溫貧、生死契闊、靈犀會通的念想之下，痛失之感已經越發沉鬱頓挫，原宥之心、體恤之意必須更加醇厚柔韌。我們細讀她慢慢寫來的句段構成的任何一篇小說，會為獲得踏實而慶幸，也為作別故事而悵然。

畢飛宇在長、中、短篇小說寫作方面的精湛技法和他在文本中浸透的人性關切，讓他持續擁有著大陸最優秀作家之一的顯著成就。畢飛宇在臺灣拿過開卷好書獎，在國際上也多次獲獎和多次受邀參加重要的文學活動，是大陸文學大獎的大滿貫得主。臺灣讀者會從他的這些作品中，更真切地領略他靈透的語風和大可訝異的出色才情。

感謝寶瓶將五位大陸作家的小說著作以「這世代——火文學」的名義盛裝推出。

感謝「這世代」推介方重慶出版集團所有參與書系策劃組稿的朋友，是他們還將大陸這五人和郝譽翔、甘耀明、鍾文音、紀大偉等臺灣作家朋友的著作組成的「這世代」書系簡體字版同步出版。

感謝未曾謀面的同行朋友吳婉茹女士一絲不苟的主持引薦。

這個書系的精神價值從籌劃之時已經誕生，隨著作品的傳播，意義定將無限張大。

目錄

儲小寶

儲小寶是我們的鄰居。那時候，微湖閘的居民們，生活在一個龐大的院子裡，一條寬敞的林蔭道把院子一分為二。院子的左邊是沒有圍牆的，一條寬闊的大河從三面圍住了我們。只在院子的右邊，圍上了青灰色的磚牆，夏天的時候，磚牆上爬滿了綠色的植物，我們叫它「爬山虎」。

沿著林蔭道兩旁，分別陳列著一排排青磚青瓦的平房。這些平房分別用來做辦公室，醫院，職工食堂，家庭住宅。綠化也很好，有很多我叫不上名字的樹木，排列於河邊和住宅之間；居民區前的空地上，也允許種瓜果和蔬菜。

院牆外有一個小集市，每天清晨供應新鮮的蔬菜，也有肉類。大膽一些的趙集農民，甚至敢挑著擔子直接到院子裡來兜售，但這也是被禁止的，如果被抓住了，還要罰款。

一般來說，居民要是買菜，也可以直接向食堂購買。食堂自己有一個菜園子，還有飼養站，養豬和雞。至於魚和蝦等水產品，是由另外的部門統一管理的；那時候，微湖閘有著自己的捕撈隊，也向漁民們低價收購魚蝦。——很多年以後，當市場經濟盛行的時候，這也成為微湖閘的主要收入之一。

在我爺爺做主任的那個時代，一切則顯得簡單淳樸。那時候，人們不為錢操心，國家興修水利——那是微湖閘的盛世，人員龐雜，人心單純，每個人恪盡崗位，連看門人、燈塔看守人都是正式職工，有著做國家主人翁的自豪感和身分感。想一想也是，他們還怕什麼呢，他們的一切，生老病死，甚至他們的兒孫，都是國家包下來的呀。

那時候，微湖閘就像一個大家庭，每個人分工不同，有電工，鉗工，行政人員，後勤人員，還有很多我叫不上名目的人員。總之，他們平安，快樂，靜靜地度著年華。

儲小寶就是其中的一員。他是一名電工。那一年，他也不過才二十歲吧？他住在我們的隔壁，是個活潑的小夥了。

他長得不算難看，乾淨，明朗，是個可愛的、討人喜歡的青年。他似乎特別愛打扮，他喜歡照鏡子，鏡子不算很人，就鑲在門牆上。他常常是不由自主地踱到門邊，拿一把梳子輕輕地刷自己的頭髮。有時候，他也會側過身體，一邊和我說話，一邊回頭看鏡子裡的自己，噘著嘴巴，皺著眉頭，就像在看一個陌生人。有時候呢，他大約很滿意，就會對鏡中的人笑一笑——他這回頭一笑，頗有些百媚生的風情，他自己也意識到了，竟大笑了。

他和我們家的關係很好，兩家是世交，他父親和我爺爺早年是同事，也因為這個，他有些怵我爺爺。

對我奶奶呢，他就自然親切多了。

我爺爺不在家的時候，他就會引我說話。他說，小蕙子，什麼叫爬灰？話還沒說完，他自己先笑起來。

我奶奶也笑，她罵他「狗不吃的」。

有一次，我在廚房裡，正坐在灶臺前擦火柴玩。他看見了，就倚在門邊，一邊笑嘻嘻地看著我，一邊說，小蕙子，你看見灶裡的灰了嗎？你想一想，你把灰掏出來，你用勺子勾啊舀啊爬啊，那叫什麼動作？

我不說話。我知道，他又在引我說話了——據我所知，這一類的話，他永遠是說不夠的。翻來覆去地說，也沒多大意思；我想，他大約是很無聊的。

我奶奶囑咐我說，不准答話呵。他這不是好話。

儲小寶說，那你就做個動作給叔叔看，唔，是這樣子——他拿雙手在空中撓了兩下，壞壞地笑著。

我問，這是什麼？

他說，這叫爬灰呵！

我明白了，我說，這叫爬灰呵。——一下子釋懷了。

儲小寶說，你以為爬灰是什麼？

我想了想，很為難地——儲小寶說，沒關係，你告訴叔叔，你原來以為，爬灰是什麼？

我說，我原來以為，爬灰是爺爺和媽媽……

儲小寶說，爺爺和媽媽怎麼了？

我說，爺爺和媽媽在做不好的事情……

儲小寶一下子大笑開來，跑開了——我奶奶顫顫巍巍地跟在後面，手裡拿著一根棍子，說道，我讓你教她說這些壞話！看我回來不告訴爺爺，罰死你。

儲小寶常常顯得很無聊，當他有勁沒處用的時候，他就會練啞鈴。夏天的時候，他喜歡光著膀子，有意露出他那結實的肌肉。只要他一用力，那肌肉就會鼓起來，在膀子上一動一動的，活像「小耗子」。有一次，他讓我去捉他的「小耗子」，可是我怎麼也捉不住，因為「小耗子」很靈活，一不留神，它就從我的手底下溜走了。

儲小寶也喜歡跑步，在我看來，這與其說是他的愛好，倒不如說是他發洩過剩精力的一種正當方式。他尤其喜歡長跑，即使在冬天的早晨，他也會換上他的寶藍色的運動衫褲，穿上他的白球鞋，神氣活現地跑在早晨的第一縷陽光裡。試想，那是一種怎樣的情景呢？那時候，微湖閘的人們還沉浸在夢鄉裡，通往趙集的土路上，人跡稀少。只有陽光，廣泛地、漸次地鋪展開來，在結了冰的水面上，和儲小寶一起向前飛駛。

等到我們已經起床了，寒寒縮縮地倚在自家門口，等待著吃早飯的時間，儲小寶已經從趙集跑回來了。他熱氣騰騰的，汗水黏住了他的肌膚和衣衫。他的微微鬈曲的頭髮上結著白的霜。他愉快地、調皮地向人們打著招呼，有時候擠擠眼睛，有時候伸伸舌頭，或者呢，從身後猛擊人一把，頭也不回地就跑過了。

夏天的時候，他就在操場上跑一百米。吃完了晌飯，人們都午休去了，微湖閘靜悄悄的，這時候，儲小寶倍顯無聊，他就會帶上我，讓我看他跑步。

很多年後，我還能記起這一幕，我站在陰涼裡，我看見一個青年的身影，在太陽底下，飛速地移動著。他就像風一樣，掠過了我，嘴裡發出「呼呼」的聲音，當快到終點的時候，他舉起了膀子，撞開了想像中的一條線，就像勝利者一樣，他抿著嘴巴，矜持地、不介意地點了點頭。

那時候，我是多麼喜歡儲小寶啊，我喜歡看他跑步，他跑步的姿勢美極了，就像正規的運動員。他身材勻稱，雙腿修長，雖然四肢上布滿了濃密的汗毛，看上去怪嚇人的；但是他跑步的姿勢著實好看，他擺動著雙臂，他的頭髮隨風飛揚，在陽光底下，他的整個神情是含混而模糊的，他的眼睛會看見些什麼呢？也許只是陽光，一些樹木，一個小孩子，也許他什麼也沒看見，他的眼前只是金的荒漠。

我也喜歡聽他跑步時，發出的「啊啊」的呼喊聲，那聲音穿過空氣和陽光，在寂靜的微湖閘發出空的回響。所以，每到夏天的中午，如果你從睡夢中醒來，或者在朦朧中聽到一個人的怪叫，你就知道，他準是儲小寶，他又在跑步了。

很多年後，那聲音穿過時空，也不斷地回響在我的腦海中，它是那樣的清晰，震盪，輕輕地觸開了我的記憶，讓我變得傷懷，感恩。

從前的時光是多麼的好啊，可是，從前的時光已經不在了，從前的青年也已經老了，他再也不跑步了。

事實上，儲小寶從那年夏天起就不跑步了，他找到了一種新的消耗體力的方式，這種新的方式，我猜想，一定比他的跑步，比他練啞鈴，比他逗我說「爬灰」的玩笑有趣多了。他戀愛了。

他的女朋友姓吳，我們都叫她小吳，她也是微湖閘的職工，以前，我從來沒有注意過這個姑娘，是儲小寶把她帶進了我的視野裡。她梳著短髮，話不多，可是精神，颯爽；現在，對於她容顏的回憶已經很困難了，可是我還能記得當年的她，常穿著格子布的襯衫，下身穿著黑色的長褲，她的涼鞋也很漂亮，是黑色的，平跟，帶把子的那種。夏天了，她還穿上絲襪，青灰色的，質地與現在的不同，不是很透明。

總之，她也許不算漂亮，可是大方，洋氣。

他們的戀愛一開始是祕密的，只有我一個人知道。儲小寶常常帶我去她的住處玩（鬼知道他為什麼會帶上我）。在路上，他就囑咐我，不准多說話呵，不准亂摸桌上的東西，她要是給你糖果吃，你就吃，她要是不給，不准朝糖果看；他甚至吩咐我，只能坐在靠近門邊的凳子上，坐姿要端正，諸如此類。

小吳姑娘住在單身宿舍，一個人一間房子，房間闊朗，清潔，空氣裡有淡雅的香氣。她的窗戶是開著，窗戶後面，眼見得一塊雜草叢生的荒地，荒地的盡頭就是院牆了。她住的地方很背靜。不常看見人。

我猜想，那時候他們還沒有正式戀愛，或者說，還沒有確定戀愛關係，正處於摸索、試探的階段。試想，一個單位的人，互相再熟絡不過了，平日裡也許還開過玩笑，現在呢，卻一下子害羞了，靦腆了，也中規中矩得多了。

儲小寶把我介紹給小吳姑娘，他說，這是李主任的孫女，見過嗎？說完，他又彎下身來對我說，快叫吳阿姨，說吳阿姨好。

我說，吳阿姨好！

吳姑娘笑了笑，在我頭上順勢摸了一把，說，小孩子嘴甜。

吳姑娘把我讓到床沿上坐，她自己也在床邊坐下了。儲小寶呢，自始至終他一直是站著的，他倚靠在床頭的一張長方形的桌子上，桌子上鋪著藍色的檯布，上面擺放著一碟子剛洗過的葡萄，一本書，還有一些零碎的雜物，一把梳子，一瓶雪花膏……總之，看得出來，一切都經過了精心的布置，顯得那樣的齊整、悅目。

儲小寶把手撐在桌子上，不時地回頭看桌子的後面，窗外的景色。有時候，他也會拿腳去踢桌邊的一把椅子，微笑了起來。吳姑娘便笑，她說，你坐呀，你來是為了罰站嗎？儲小寶便拿眼睛看我，朝我伸了伸舌頭。

他是這樣回答吳姑娘的，他說，我不坐，我喜歡站著。

說這句話時，撐不住我也笑起來了。吳姑娘便大笑。儲小寶也大笑。

吳姑娘讓我吃葡萄，自己也拿起一粒，低著頭用指尖輕輕地剝葡萄皮，儲小寶也拿起一粒，吳姑娘看見了，便說，我沒讓你吃呀。

儲小寶笑道，是啊。便不再說話了，繼續吃他的葡萄。

吳姑娘對我說，你看看這個人，臉皮那麼厚，我讓他坐下，他不坐下；我不讓他吃葡萄，他卻偏偏吃葡萄，虧你還叫他叔叔呢！

儲小寶撇著吳姑娘的口氣，也對我說，你看看這個人，對你叔叔一點也不好，也不讓我吃葡萄，以後不准叫她阿姨了。

我一直在笑著。天知道我有多麼開心。那一年我五歲，目睹了一場愛情，那是第一次，我知道男女之間……竟這麼有趣，簡單。我完全能夠懂得，我做了他們倆的道具，在一切似是而非的瞬間，傳遞著某種資訊。

很多年後，我對於美妙愛情的理解，一直是從他們身上得來的。我以為，最美好的愛情，從來都是在未開始之前，那微妙的一瞬間，小心翼翼的。永遠也說不完的精緻的廢話。某一刻的心動，心像被蜜蜂輕輕咬了一下，疼的，可是覺得歡喜。

那時候，愛情還沒有瘡痛。人是完美意義上的人，飽滿，上升，純白。

總之，儲小寶和吳姑娘的愛情就這樣開始了。後來的事情我就不知道了，後來，儲小寶不帶我去吳姑娘那兒了，他自己一個人去。

漸漸地，院子裡的人也知道了，大家善意地開著玩笑，大家說，儲小寶，怎麼最近不見你練啞鈴了？

又有人說，儲小寶，你廢了，你也不跑步了。

儲小寶總是笑著，他叼著菸，向空氣中靜靜地吐著煙圈。有時候，他也會湊近人的耳朵，悄聲地說，不行了，最近體力不支了。

所有的人都聽見了，大家「轟」地笑開了。就有人說，怎麼體力不支了？說說看。

儲小寶輕輕地歎了口氣，拿牙齒咬住嘴唇，一雙溜溜的眼睛從一個人的身上看到另一個人的身上。

有時候，吳姑娘也會過來看儲小寶，她坐在屋子裡的一張椅子上，埋頭在織毛線衣。所有的門窗都洞開著，有陽光輕輕地跳進屋子裡來了，秋天的陽光，柔軟，明亮，像水一樣微微地蕩漾著。也有風，輕輕地吹開了桌子上的報紙，在空氣中發出「籟籟」的聲音。

很多年後，我還能記得那個秋天的下午，我坐在吳姑娘的腳邊，手裡拿著毛線團子。我看著屋子裡的一切，空明的屋子裡，兩個青年男女，有一搭沒一搭地說著話，有時候呢，並不為什麼，他們也會「吃吃」地笑出聲來。

在某個瞬間裡，非常清晰地，我聽見了時間的聲音，一點一滴的，我知道，那是鐘錶，在我看不見的地方，慢慢地走動了。日月是那樣的悠長，緩慢，真切，美好。我總想著，這樣的日月是漫無邊際的，看不到頭的；可是，這樣的日月會持續一生嗎？

有好幾次，儲小寶催我回家去，他說，小蕙子，爺爺奶奶的午睡已經醒了吧？快回家看看去。或者說，小蕙子，你們家的貓今晌沒餵吧？要回家餵餵貓了。

我有些難為情了。——我想，我是明白他的意思了。我撣了撣手掌，扶起膝蓋剛站起身來，被吳姑娘一把拉住。她斜睨著眼睛看儲小寶，笑道，你想幹什麼，我喜歡她待在這兒。要不，你過去餵貓吧。你不是最喜歡貓嗎？

儲小寶便笑了。

這時候，我也輕鬆多了。我說，奶奶早就醒了，她在門口做針線活呢！

儲小寶便探出頭去，向隔壁張望了一下。我奶奶果然坐在自家的門口，她的懷裡端著針線匾子。我奶奶對儲小寶笑道，鬼頭鬼腦的幹什麼？打量我不知道你那點心思呢！

我們都笑了。

吳姑娘擱下毛線活，走出屋去和我奶奶搭話。吳姑娘說，奶奶你不曉得，小蕙子可懂事了。她一個晌午都在幫我理毛線，她能幹著呢。

我奶奶拉過身旁的板凳，讓吳姑娘坐。吳姑娘且不坐下，看著我奶奶笑。

我奶奶說，我剛才是開玩笑呢！小寶這孩子，我是看著他長大的，調皮著呢，以後你得當心點，免得他欺負你。

吳姑娘說，奶奶說得是，我當心著呢。——便看著儲小寶笑。

我奶奶又把儲小寶喚來，眼睛像探照燈一樣地在他臉上只一探，這才笑道，小寶呵，也該帶小吳回家見見父母了，把日子早點定了，把事給辦了。這麼好的姑娘，你挑著燈籠也難找啊！別委屈了人家。……

儲小寶咧著嘴巴，向空氣中抽了一下鼻子，算是默認了。

這時候，我爺爺也起床了，他站在門口，只輕輕地咳嗽了一聲，儲小寶便耗子似地，一閃身躲回自己的屋裡去了。吳姑娘呢，一直微笑著，訕訕地站在我奶奶的身邊，一雙眼睛待看不看的，拿腳輕輕地踢著石子。

我爺爺背著手，走上了門前的一條甬道。在這個時候，他表現了一個老年正派男子所有的風姿和氣度，他含蓄而漠然地走過了儲小寶的門前，就當什麼事也沒發生似的，他輕輕地走遠了。

很多年後，當我回憶起這一幕的時候，也是歷歷在目。那裡頭的人情世故，拐彎抹角處，一點點微小的細節，說話的機鋒，人和人之間的微妙之處，——儲小寶的孩子氣，吳姑娘的精明，我奶奶的「厲害」和通達，至今回想的時候，仍覺得趣味盎然。

儲小寶是在第二年春天舉行了婚禮，不久後他們就離開了微湖閘，調回城裡去了。在這期間，發生了一件小小的事故，我爺爺在一次職工會議上，不點名地批評了儲小寶。

那是七〇年代末期的中國，關於男女作風問題，似乎顯得很嚴重。在微湖閘，也流傳著儲小寶和吳姑娘之間的種種醜聞，兩個無恥而單純的青年坦然地服從了他們身體的需要，並且覺得這一切都是天經地義的。

有時候，甚至是在大白天，他們也會躲進屋子裡，門窗都關緊了；他們歡騰的、愉悅的叫聲，伴隨著木板床的「吱吱呀呀」的聲音，一起透過門縫，晾曬在陽光底下。

路人側目而過，他們蠟黃著臉，從牙齒縫裡發出「嘶嘶」的聲音，那聲音既像笑聲，又像呢喃聲；他們竊竊地議論著，從嘴裡哈出來的白的氣息，是溫熱的，也是冰涼的。

有一次，在中午的飯桌上，我爺爺放下筷子，說，簡直不像話，不成體統嘛。

我奶奶看著我，拿食指的骨節抵住牙齒，曖昧地笑著。長期以來，她恪守婦道，也養成了不參與我爺爺意見的好習慣——也許她壓根兒就沒什麼意見，她對一切事情的理解都是含糊的，模稜兩可的。

她偏袒儲小寶。有一次，她對楊嬸說，我看是那姑娘不好，不自愛。她要是不從，男的再強迫，這事也成不了。

楊嬸嘰嘰咕咕地笑了起來，她說道，誰都是從年輕時過來的……

我奶奶接住話茬說，是啊，我第一眼就沒看上那姑娘，有狐媚氣，不是過日子的人。怕小寶將來會吃虧哩。

有時候，她也會換一副面孔，吃吃地笑著；她的搓麻繩的手在半空中停住了，說道，想想也怪她不得，她就是那樣的脾性，小寶又是個纏人的東西，孤男寡女在一起，難免……自古以來，男女之間好也罷，歹也罷，都出不了那幾個樣子。

她又笑了起來，一雙碩大的手把麻繩搓得「籟籟」直響。

底下的事情我就不記得了。

我爺爺怎樣整治「風化」問題，儲小寶怎樣舉行婚禮，直至後來他們離開了微湖閘……都是我從別人的閒談裡，零碎聽來的。

我猜想，儲小寶是恨我爺爺的，他是個靦腆的青年，那樣興師動眾的批評，於他還是第一次。也許，什麼都是第一次，荷爾蒙，女人，愛情，婚姻……那一年他二十二歲，是個孩子氣的年輕人。他的小小的眼睛在太陽底下瞇縫著。他笑了，嘴巴咧得很大，他的整齊的牙齒在太陽底下閃著白的光。他極少有安靜下來的時候，即使在一個人的晌午，他坐在藤椅上，百無聊賴地架著腿，摸摸自己的鼻子和耳朵，彎腰看玻璃窗外的藍天，逗我說些俏皮話，身子把藤椅晃得直哆嗦。

可是，我還能記得那天下午，開完「批鬥會」回家，他站在電線杆底下，抽著菸，非常沉鬱地。他對我叔叔說，我沒做錯什麼……他拿牙齒咬住嘴唇，一雙眼睛冷冷地看到我叔叔的眼睛裡去。

那是第一次，我看見儲小寶有這樣嚴正的時刻。很多年後，當我回憶起這一幕的時候，我就想著，一個青年，他就是從這一天開始，慢慢長大了吧？也許連他自己也不知道，這樣小小的挫折根本算不了什麼，人生更大的不如意還在後面，人生裡的磨難，溫吞，出其不意……就像一場諷刺劇，在他面前漸漸地拉開了序幕，到那時候，他會變得怎樣呢？他會變得很服從嗎？或者，小心翼翼的樣子，——總之，他肯定老了，他是一個中年人，一個男孩的父親，戰戰兢兢地、麻鈍地生活著。他的臉色也黃了。

——這就是我看到的很多年後的儲小寶。

時光已經走到了一九八六年，那時候，我也早離開了微湖閘，回到了我父母的身邊，我在我的家鄉小城讀書，生活，慢慢地成長——那一年，我已經是一個少女了。暗黃的臉色，細竹竿一樣的身材，性情古怪、沉悶，很容易地就發怒了。

我和我父母吵架，折磨我弟弟……我的青春期，我的整個緩慢而陰鬱的成長史，就是在和我的親人們互相折磨中度過的。

那年夏天的一個午後，我父母打我，他們把我逼進牆角，讓我跪立。在棍子的威迫之下，我跪下了。我面壁，披頭散髮，並輕聲地哭出來；我的膝蓋碰著了雕花的水泥地坪，那凹凸不平的、堅硬的花紋磕進我的骨頭裡了。屈辱，仇恨，成長的力量又一次侵入我的體內，它們擠兌著我；有一種時候，我覺得自己快要睡著了。

就在這時候，儲小寶出現了。就像從我的世界裡突然消失一樣，在那年夏天的午後，他又回到了我的視野裡。

近十年過去了，他老了。他穿著黑藍條紋的T恤，深藍色的長褲，胳膊底下夾著公事包。他的頭髮並不蓬亂，只是比以前鬈曲得更厲害了。他也不算胖，還是從前的適中身材，五官也還是從前的，只是對我來說，已經完全陌生了。

我猜想，如果是在另一種場合裡，我們會擦肩而過的。我們已經認不出對方了。

對於我的樣子，他也略略感到意外，他沒想到會碰到這樣的情景。也許他曾經設想過，在來時的路上，或者某天下午，經過某條小街的拐角，看到一家人的門口，站著一個小孩子，她把手指伸進自己的嘴裡，靜靜地吮吸著。——那時候，他會想起什麼呢？

他會想起很多年前的一個小孩子嗎，在那個遙遠的、已經逝去的中午，曾經伴隨他一起跑步？她站在陰涼裡，穿著印有桔子、香蕉和阿拉伯數字的花襯衫，她和他一起呼吸，在同一方藍天底下走過。她把手伸進他的手掌裡，他們去看一個姑娘，那個姑娘的房間裡有清新的氣息，他們說著關於葡萄的笑話，每個人都樂開了懷。——她曾經是他過去生活的見證。他還能記得嗎？

很多年後，他們生活在同一個城市裡，可是極少來往。差不多，他們從各自的生活裡徹底地消失了，他們也很少想起對方，也就是說，對於從前的生活，他們已經不記得了。

這一天，因為一件要緊的事情，他來到了她的家裡，他來看她的父母，說了兩句話，差不多一兩分鐘的時間，他就走了。

起先，他站在屋子的中央，他的胳膊底下夾著公事包；那一年，他也不過才三十歲吧，可是明顯地見老了，他的額頭上有兩道很深的抬頭紋。也許，這根本算不得什麼，一個男人的抬頭紋……他站在屋子的中央，他的神情溫和而沉靜。他三十歲了。

他穿著黑藍條子的襯衫，我剛才說過，他還穿著皮涼鞋，黑襪子。總之，你可以想像的，這是一個衣飾還算整潔的男人，他平庸，健全，語調沉著，沒有任何特色，走入人群中，他很快就被淹沒了。

一開始，他和我父母在說著什麼，後來呢，大約是看見了跪在牆角的我，他輕輕地停頓了一下。似乎是隔了很長時間——也許僅僅是一瞬間，他向我父母問，這是小蕙子吧？

不知為什麼，我聽見了他的聲音，一下子哭出聲來。那是一種喪心病狂的哭泣，傷心，醜陋，自暴自棄。我的鼻涕也淌下來了，它和淚水一起流過了我的嘴角，一直流下去了。我感覺到一種東西，它走了，它再也不會回來了。

我拿牙齒咬住嘴唇，因為用力，我的牙齒也在疼痛。我拿手掌撐住了牆壁，為了壓抑住自己，我把臉貼在牆壁上，我的整個身體伏在牆壁上了。

儲小寶過來扶我，他說，起來，你看看，都長成人姑娘了。還記得我嗎，你小時候管我叫「小皮匠」呢！小時候，我還帶你去捉過「知了」呢！——他轉過身去對我父母說，她小時候最喜歡給人起諢名了。他笑了起來。

我站在他的面前，身體痛苦地、神經質地抽搐著。我與他齊肩高了。因為頭髮黏住了整個臉龐，我只能從髮絲縫裡打量他。隔著如此近的距離，我甚至能感覺到他身上的滾滾熱浪，那是一個男人，他從夏日的陽光底下走過了，他的身上留有了某種氣息。

我穿著家常的短袖衣衫，因為發育得晚，身體一條直線似地呈現著，僅在衣衫的褶皺裡，能感覺到一個少女，她正在蛻變的痕跡。——這蛻變讓我羞恥。

儲小寶大約也意識到了這一點，他沉吟了一下，欲為我撣身上灰塵的那隻手，終於在半空中停住了。他搭訕著走開了。

我站在屋子的中央，低著頭，在某一個瞬間裡，我似乎看見了從前的時光，它慢慢地回來了。

那時候，我還是個孩子，儲小寶也很年輕，我們之間幾乎沒有性別的芥蒂。我記得有一次，他拿走了我的一張照片，他把它端正地壓在玻璃檯板下。

那是很多年前的一個小孩子，她站在冬天的陽光底下，穿著棉衣棉褲，老虎頭的布棉鞋，她整個人是明朗而安詳的。那也許是早春的陽光，寒冷，明亮，刺得人睜不開眼睛來。她袖著手，微微地縮起了脖子，她的眉頭緊緊地皺著。她笑了，對著照相機的鏡頭，很茫然地，也很倉促。

也許她沒準備要笑，經不起照相人的引逗，就這樣，她笑了起來。也許呢，在那一瞬間裡，她想起了從前時光裡一些有趣的事情，她微微咧開嘴巴，露出了她那不整齊的牙齒。

儲小寶很喜歡這張照片，他三番五次地向我奶奶索取，終於有一天，他偷走了它，把它壓在玻璃檯板下。後來我看見了，鄭重其事地向他討還。

因為我五歲了，是個女孩子，我敏感，微妙，害羞。和任何一個異性的相處，我希望能有一種更清楚、純潔、明朗的關係。

儲小寶大大地動怒了。——他並不清楚我的心思。在這一點上，他的表現完全像個孩子。他扔還給我照片，說，拿去拿去，有什麼了不起的，不就是一張照片嗎？送給我都不要！

我彎下腰來，撿起照片。我的眼淚淌下來了。天知道我多麼難過，一個五歲的人，才知道世事，她的世界單調而蒼白，她根本不知道怎樣去善待別人。

我又想起了儲小寶，那時候，他是多麼富有情感呵！他似乎很容易就喜歡上別人了，愛情，親情，友情，甚至是鄰居的一個小孩子，她的一張照片，他也要珍藏著。

很多年後的那個夏天的午後，我站在客廳的中央，我自己也知道，從前的一切就這樣地流逝掉了。從前的青年變得很安詳，從前的孩子成長為少女。現在，他們靜靜地對峙著，他們的身體之間，隔著一道厚實的空氣。他們再也不會像從前那樣親密了。

我靜靜地打了個冷顫。

我聽到了一種聲音，一點一滴的，清脆的，我知道，那是時間，它靜靜地走動了。就像很多年前，它走在楊嬸家的屋子裡，它穿過我奶奶做針線活的那雙手，它蕩漾在楊嬸織毛衣的胳膊裡，它在我們不經意的談話間，它在陽光，空氣和灰塵的深處……一天天，一年年地，它走遠了。

它曾經停留在儲小寶和吳姑娘的愛情裡，那是很多年前的秋天的下午，我坐在吳姑娘的腳邊，我的手裡拿著褐色的毛線團子。有一種時候，我會抬起頭來，看吳姑娘織毛衣，她把毛線繞在自己的小手指上，毛線在她的手指間一跳一跳的，像可愛的小兔子。

我看見了她那月白色的臉，飽滿的，圓潤的，那一年，她十八歲了吧？她的睫毛長長的，隔兩秒鐘就閃一下。她笑了起來。

儲小寶呢，他正匍匐在床上，用撲克牌算命；有時候，他抬起了身子，「哎喲」了一聲，拿手擊著膝蓋，嘴裡發出嘰嘰咕咕的聲音。有時候呢，他跳下床來，竄到鏡子前，一邊梳理著頭髮，一邊用腳踢吳姑娘的座椅。吳姑娘也用腳還擊著。兩人吃吃地笑出聲來。

我把毛線團放在懷裡，彎腰抱住了膝蓋；因為愉悅，我也大聲地笑了。

也就是在那靜靜的一瞬間裡，我聽到了時間的聲音，非常含糊的，像雨打芭蕉的點滴的聲音。窗外一片清明，秋日的陽光落在我們的腳邊，我們的懷裡，我們的手指間，我們的嘴唇上，我們的眼睛裡……有一種時候，有風吹過了，風吹起了落葉，發出「沙沙」的聲音。

我抬起頭來，異常空明的屋子裡，我聽到了自己龐大的喘息聲，那些具體實在的木質家具，人，各種物體，它們呈現著各種姿態，一片一片地展現在我的眼前。

我看見時間跳到牆壁上了，那是陽光，一閃一閃的，像水一樣地蕩漾著。剛剛是一瞬間呵，時間曾經停留在我們的衣衫上，現在，時間已經走到牆壁上了。

很多年後的那個夏日的午後，我站在屋子的中央，拿手抱住了肩膀，不時地顫慄著。有一種時候，我以為自己是抬起了頭來，我看見午後的陽光，在夏日的窗外，靜靜地盛開了。那是很多年前的陽光嗎？

我聽見了龐大的蟬聲，一片一片的，此起彼伏的，在虛空裡延續著。它滲入到我們的肌膚和汗漬裡去了。有一種時候，蟬聲像是約定了似的，突然沉寂了下來。

就像夢魘一般，在淚眼朦朧中，我看見了在陰涼的屋子裡，站著的我的父母，人到中年的儲小寶，我弟弟正蜷縮在牆角的沙發上，靜靜地啃著手指頭。

我還看見了木質家具，水泥雕花地坪，一只空的玻璃杯子，在窗臺上落下了陰影；風扇在頭頂上吹著微風。一隻蒼蠅，匍匐在家具上，一動不動地，就像睡著了一樣。

我們家的那只老式座鐘，木質外殼，坐落在條几的正中，正「滴滴答答」地走動著，那樣的平靜，坦然，蒼茫。也不知道延續了多少日月，也不知道走過了多少時辰，也不知道到了哪年哪月？

儲小寶轉過身去，他就要走了。他和我父親握手，稍稍抿起嘴巴，矜持地、吃力地微笑著。他甚至沒抬頭看我一眼，就走進陽光裡去了。窗外的陽光一如既往地盛開著，燦爛，黯敗，一點點地往下墮落了。

我抱著我的身體慢慢地蹲了下來，我滑落到地上去了，就像紙片兒一樣，它是輕飄的，傷心的，沒有方向的。它墜落了。它哭泣了起來。

很認真的一種哭泣。靜靜地瞪著眼睛，沒有聲音。把手指伸進嘴巴裡，用力摳著。眼睛裡全是金的光芒。眼前漸漸黑暗了下來。

在黑暗的光芒裡，我看見了一個中年男子的身影，從窗前走過了。他稍稍有點駝背，他甚至咳嗽了一聲。他駝背的身影讓我酸疼。

我父母回過頭來，重新呵斥我跪下。我服從了。我仰起頭來，非常愛憐地，我看著他們。他們也老了，他們是我的父母，人到中年，氣力旺盛，煩躁，不安。他們不快樂。

時間到底從我們身上帶走了什麼？——年輕的容顏？愛情？一點點快樂的回憶？……我重新哭出聲來。

這是我最後一次見到儲小寶。後來，就連這相見的記憶，也慢慢地消淡了。我們重新回到了日常生活裡，沿著各自的軌道迅速向前飛駛，再也沒交叉過。

關於他婚姻生活的不幸，我是從別人那兒零碎聽來的。

據說，這段因愛情而結合的婚姻，不久就顯出弊端來了。「那娘們兒作風不好，死跟人睡覺。」我奶奶有一次不屑地說。

說這話時，我已經念中學了，那是在一九八七年，我回到微湖閘的叔叔家過暑假。我就問，怎麼作風不好了？總是有原因的吧？

我奶奶看了我一眼，覺得這種話題，跟一個姑娘不便多說什麼。我也沉默了。

很多年後的今天，我已年近三十，我很明白，愛情到底是怎樣的一種東西。當年的吳姑娘的容顏已消褪在我的記憶中，對於整個事件的敘述，她也只是個陪襯；即使從情感性來說，我對她的情感也不及對儲小寶的情感的一半；至於我自己呢，我也不屬於那種生命力很旺盛的女子。我和男人的關係，大多是清楚而坦白的。——唔，我以為自己是這樣子的。

但是，我很以為，我明白吳姑娘這樣的女性。那幾乎是她們體內與生俱來的東西，她們生命的氣息結實而飽滿，那有什麼辦法呢？她們約束不了自己。就這麼簡單。她們身上的動物性更強一些，理性，道德，責任心，與身體的欲望比起來，也許並不算什麼。——她們是天生有著破壞欲的那一類女人。

可是，我還能記得很多年前的那些時日，光陰怎樣在一個姑娘的身上留下芳澤，光陰也在她的身上打下了陰影。一年一年的，她也老了吧？她成了一個婦人，就像當年的楊嬸，就像很多年後的我奶奶。面對正在成長的孩子，艱難的生計，幾十年如一日的生活。有一種時候，她也許走在下班回家的路上，她騎著自行車，她的車籃裡放著一遝便宜的布料，還有一雙塑膠拖鞋。

她騎著自行車，在某個嘈雜的瞬間裡，她抬起了頭，看正午的日頭，那樣的光芒，短促。她瞇縫起了眼睛。她聽到自己身體的尖叫了嗎？

即使在她肉體最歡騰的時候，她還能記得很多年前，和一個青年的愛情嗎？這段愛情成了事實上的婚姻，這真是人世間最邋遢的事情。

也許她什麼也不記得了，她拐過了一些街巷，看著自行車的車輪壓過了自己的影子，非常茫然地，她想到一些不相干的事情上去了。她的自行車籠頭稍稍扭曲了一下，她向路邊的石子吐了一口唾沫。她回家了。

這段婚姻維持了十多年，兩個人同床異夢，生育一子。離婚以後，孩子歸屬儲小寶。如今，這孩子怕也有二十了吧？他也該戀愛了吧？

大老鄭的女人

一

算起來，這是十幾年前的事了。

那時候，大老鄭不過四十來歲吧，是我家的房客。當時，家裡房子多，又是臨街，我母親便騰出幾間房來，出租給那些來此地做生意的外地人。也不知從哪一天起，我們這個小城漸漸熱鬧了起來，看起來，就好像是繁華了。

原來，我們這裡是很安靜的，街上不大看得見外地人。生意人家也少，即便有，那也是祖上的傳統，習慣在家門口擺個小攤位，賣些糖果、乾貨、茶葉之類的東西。本城的大部分居民，無論是機關的，工廠的，學校的……都過著閒適、有規律的生活，上班，下班，或有週末領著一家人去逛逛公園，看場電影的。

城又小。一條河流，幾座小橋。前街，後街，東關，西關……我們就在這裡生活著，出生，長大，慢慢地衰老。

誰家沒有那些陳芝麻爛穀子的事，說起來都不是什麼新鮮事，不過東家長西家短的，誰家婆媳鬧不和了，誰離婚了，誰改嫁了，誰作風不好了，誰家兒子犯了法了……這些事要是輪著自己頭上，就扛著，要是輪著別人頭上，就傳一傳，說一說，該歎的歎兩聲，該笑的笑一通，就完了，各自忙生活去了。

這是一座古城，不記得有多少年的歷史了，項羽打劉邦那會兒，它就在著，現在它還在著；

項羽打劉邦那會兒，人們是怎麼生活的，現在也差不多這樣生活著。

有一種時候，時間在這小城走得很慢。一年年地過去了，那些街道和小巷都還在著，可是一回首，人已經老了。——也許是，那些街道和小巷都老了，可是人卻還活著：如果你不經意走過一戶人家的門口，看見這家的門洞裡坐著一個小婦人，她在剝毛豆米，她把竹筐放在膝蓋上，剝得飛快，滿地綠色的毛豆殼子。一個靜靜的瞬間，她大約是剝累了，或者把手指甲掙疼了，她抬起頭來，把手捽了捽，放在嘴唇邊咬一咬，哈哈氣……可不是，她這一哈氣，從前的那個人就活了。所有的她都活在這個小婦人的身體裡，她的剝毛豆米的動作裡，她抬一抬頭，甩一甩手……從前的時光就回來了。

再比如說，你經過一條巷口，看見傍晚的老槐樹底下，坐著幾個老人，有一搭無一搭地聊著什麼。他們在講古戒。其中一個老人，也有八十了吧，講著講著，突然抬起頭來，拿手朝後頸處撓了幾下，說，日娘的，你個毛辣子。

多少年過去了，我們小城還保留著淳樸的模樣，這巷口，老人，俚語，傍晚的槐樹花香……有一種古民風的感覺。

另一種時候，我們小城也是活潑的，時代的訊息像風一樣地刮過來，以它自己的速度生長，減弱，就變成我們自己的東西了。時代訊息最驚人的變化首先表現在我們小城女子的身上。我們這裡的女子多是時髦的。不記得是哪一年了，我在報紙上看到，廣州婦女開始化妝了，塗口紅，撣眼影，一些窗口單位如商場等還做了硬性規定，違者罰款。廣州是什麼地方，可是也就一年半載的工夫，化妝這件事就在我們這裡流行起來了。

我們小城的女子，遠的不說，就從穿列寧裝開始，到黃軍服，到連衣裙，到超短裙……這裡橫躺了多少個時代，我們哪一趟沒趕上？

我們這裡不發達，可是資訊並不閉塞。有一陣子，我們這裡的人開口閉口就談改革，下海，經濟，因為這些都是新鮮辭彙。

後來，外地人就來了。

外地人不知怎麼找到了我們這個小城，在這裡做起了生意，有的發了財，有的破了產，最後都走了，新的外地人又來了。

最先來此地落腳的是一對溫州姊妹。這對姊妹長得好，白皙秀美，說話的聲音也溫婉曲折，聽起來就像唱歌一樣。她們的打扮也和本地人有所區別，談不上哪有區別，就比如說同樣的衣服穿在她們身上，就略有不同。她們大約要洋氣一些，現代一些；言行淡定，很像是見過世面的樣子。總之，她們給我們小城帶來了一縷時代的氣息，這氣息讓我們想起諸如開放，沿海，廣東這一類的名詞。

也許是基於這種考慮，這對姊妹就為她們的髮廊取名叫作「廣州髮廊」。廣州髮廊開在後街上，這是一條老街，也不知多少年了，這條街上就有了新華書店，老郵局，派出所，文化館，醫院，糧所……後來，就有了這家髮廊。

這是我們小城的第一家髮廊，起先，誰也沒注意它，它只有一間門面，很小。而且，我們這裡管髮廊不叫髮廊，我們叫理髮店，或者剃頭店。一般是男顧客佔多，隔三差五地來理理髮，修修面，或者叫人捏捏肩膀、捶捶背。我們小城女子也有來理髮店的，差不多就是洗洗頭髮，剪了，左右看看就行了。那時，我們這裡還沒有燙髮的，若是在街上看見一個自來鬈的女子，她的波浪形的頭髮，那真是能豔羨死很多人的，多洋氣啊，像個洋娃娃。更不要說燙髮了。

廣州髮廊給我們小城帶來了一場革新。就像一面鏡子，有人這樣形容道，它是一個時代在我們小城的投影。僅僅從頭髮上來說，我們知道，生活原來可以這樣，花樣百出，爭奇鬥豔。是從這裡，我們被告知關於頭髮的種種常識，根據臉型設計髮型，乾洗濕洗，修護保養，拉絲拉直，

等我知道了廣州髮廊，已經是兩三年以後的事了。有一天放學，我和一個女同學過來看了，一間不足十平米見方的小屋子裡，集中了我們城裡最時髦漂亮的女子，她們取號排隊，也有坐著的，也有站著的，或者手裡拿著一本髮型書，互相交流著心得體會……我有些目眩，到底因為年紀小，膽怯，趄在門口看了一下就跑出來了。

我聽人說，廣州髮廊之所以生財有道，是因為不單做女人的生意，就連男人的生意也要做的。做男人的生意，當然不是指做頭髮，而是別的。這「別的」，就有人不懂了，那懂的人就會詭祕一笑，解釋給他聽：這就是說，白天做女人的生意，夜裡做男人的生意。聽的人這才似懂非懂，恍然大悟，因為這類事在當時是破天荒的，人的見識裡也是沒有的。因此都當作一件新奇事，私下裡議論得很有勁道。

倘若有人懷疑道，不可能吧？派出所就在這條街上……話還沒說完，就會被人「嘻」的一聲打斷道，派出所？怎見得派出所裡就沒她們的人？說著便一臉的壞笑。或者由另外的人接話道，你真是不靈通，現在都什麼年代了，這事在廣東那邊早盛行了。

大老鄭是在後些年來到我們小城的，他是福建莆田人，來這裡做竹器生意。當時，我們城裡已經集聚了相當規模的外地人，就連本城人也有下海做生意的，賣小五金的，賣電器的，開服裝店的。

廣州髮廊不在了，可是更多的髮廊冒出來，像溫州髮廊，深圳髮廊……這些髮廊也多是外地人開的，照樣門庭若市。那溫州兩姊妹早走了，她們在這裡待了三四年，賺足了錢。關於她們的傳言沒人再願意提起了，彷彿它已成了老黃曆。總之，傳言的真假且不去管它，但有一點卻是真的，人們因為這件事被教育了，他們的眼界開闊了，他們接受了這樣一個現實。一切已見怪不怪。

大老鄭租的是我家臨街的一間房子。後來，他三個兄弟也跟過來了，他就在我家院子裡又加租了兩間房。院子裡憑空多了一戶人家，起先我們是不習慣的，後來就習慣了，甚至有點喜歡上他們了，因為這四兄弟為人正派乖巧，個性又各不一樣，湊在一起實在是很熱鬧。關鍵是，他們身上沒有生意人的習氣，可什麼是生意人的習氣，我們又一下子說不明白了。

就說大老鄭吧，他老實持重，長得也溫柔敦厚，一看就是個做兄長的樣子。平時話不多，可是做起事來，那真是既有禮節，卻又不拘泥於禮節，這大概就是常人所說的分寸了。當年，我家院子裡結了一株葡萄，長得很旺盛，一到夏天，成串的葡萄從架子上掛下來，我母親便讓大老鄭兄弟摘著吃。或者她自己摘了，洗淨了，放到盤子裡，讓我弟弟送過去。大老鄭先推讓一回，便收下了；可是隔一些日子，他就瓜果桃李地買回來，送到我家的桌子上。又會說話，又能體貼人，說的是：是去鄉下辦事，順便從瓜田裡買回來的，又新鮮，又便宜，不值幾個錢的，吃著玩吧……一邊說，一邊笑，彷彿佔了多少便宜似的。

他又是頂勤快的一個人。每天清晨，天蒙蒙亮就起床了，開門第一件事就是掃院子，又為我家的花園澆澆水，除除草……就像待自己家裡一樣。我奶奶也常誇大老鄭懂事，能幹，心又細，眼頭又活……哪個女人跟了他，怕要享一輩子福呢。

大老鄭的女人在家鄉，十六歲的時候就嫁到鄭家了，跟他生了一雙兒女。我們便常常問大老鄭，他的女人，還有他的一雙兒女。大凡這時候，大老鄭總是要笑的，不說好，也不說不好……總之，那樣子就是好了。

我們說，大老鄭，什麼時候把你老婆孩子也接過來吧，一起住一段。

大老鄭便說好，說好的時候照樣還是笑著的。

有很長一段時間，我們都信了大老鄭的話，以為他會在不經意的某天，突然帶一個女人和兩個少年到院子裡來。尤其是我和弟弟，整個暑假緩慢而且昏黃，就更加盼望著院子裡能多出一兩個玩伴，他們來自遙遠的海邊，身體被曬得黝黑發亮，身上能聞見海的氣味。他們那兒有高山，還有平原，可以看見大片的竹林。

這些，都是大老鄭告訴我們的。大老鄭並不常提起他的家鄉，我們要是問起了，他就會說一兩句，只是他言語樸實，他也很少說他的家鄉有多好，多美，但是不知為什麼，我的眼前總浮現出一幅和我們小城迥然不同的海邊小鎮的圖景，那兒有青石板小路，月光是藍色的，女人們穿著藍印花布衣衫，頭上戴著斗笠，背上背著竹筐……和我們小城一樣，那兒也有民風淳樸的一瞬間，總有那麼一瞬間，人們善良地生活著，善良而且安寧。

我不知道，我為什麼會有這樣的想像，也許這一切是源於大老鄭吧。一天天的日常相處，我們慢慢對他生出了感情，還有信任，還有很多不合實際的幻想。我們喜歡他。還有他的三個弟弟，也都個個討人喜歡。就說他的大弟弟吧，我們俗稱二老鄭的，最是個活潑俏皮的人物，又愛說笑，又會唱歌。唱的是他們家鄉的小調：

姑娘啊姑娘

你水桶腰　水桶腰

腔調又怪，詞又貧，我們都忍不住要笑起來。有一次，大老鄭以半開玩笑的口吻，託我母親替他的這個弟弟在我們小城裡結一門親事，我母親說，不回去了？大老鄭笑道，他們可以不回去，我是要回去的，是有老婆孩子的人呢。

大老鄭出來已有一些年頭了，他們莆田的男人，是有外出跑碼頭的傳統的。錢掙多掙少不說，一年到頭是難得回幾次家的，我母親便說，不想老婆孩子啊？大老鄭撓撓腮說道，有時候想。我母親說，怎麼叫有時候想？大老鄭笑道，我這話錯了嗎？不有時候想，難道是時時刻刻想？我母親說，那還不趕快回去看看。大老鄭說，不回去。我母親說，這又是為什麼？大老鄭笑道，都習慣了。他又朝他的幾個兄弟努努嘴，道，這一攤子事丟給他們，能行嗎？

大老鄭愛和我母親叨嘮些家常。這幾個兄弟，只有他年紀略長，其餘的三個，一個二十六歲，一個二十歲，最小的才十五歲。我母親說，書也不念了？大老鄭說，不念了。都不是念書的人。我母親說，老三還可以，文弱書生的樣子，又不愛說話，又不出門的。大老鄭說，他也就悶在屋子裡吹吹笛子罷了。

老三吹得一手好笛子，每逢有月亮的晚上，他就把燈滅了，一個人坐在窗前，悠悠地吹笛子去了。難得有那樣安靜愜意的時刻，我們小城彷彿也不再喧鬧了，變得寂靜，沉默，離一切好像很遠了。

有一陣子，我們彷彿真是生活在一個很遠的年代裡，尤其是夏天的晚上，我們早早地吃完了飯，我和弟弟把小矮凳搬到院子裡，就擺出乘涼的架式了。我們三三兩兩地坐著，在幽暗的星空底下，一邊拍打著蒲扇，一邊聽我父母講講他們從單位聽來的趣聞，或者大老鄭兄弟會說些他們遠在天邊的莆田的事情。

或有碰上好的連續劇，我們就把電視機搬到院子裡，兩家人一起看；要是談興甚濃的某個晚上，我們就連電視也不看的，就光顧著聊天了。

我們說一些閒雜的話，吃著不拘是誰家買來的西瓜，睏了，就陸續回房睡了。有時候，我和弟弟捨不得回房，就賴在院子裡。我們躺在小涼床上，為的就是享受這夏夜安閒的氣氛，看天上的繁星，或者月亮光底下梧桐葉打在牆上的影子；聽蛐蛐、知了在叫，然後在大人切切的細語中，在鄭家兄弟悠揚的笛聲和催眠曲一樣的歌聲中睡去了。

似乎在睡夢之中，還能隱隱聽到，我父親在和大老鄭聊些時政方面的事，關於經濟體制改革，政企分開，江蘇的鄉鎮企業，浙江的個體經營……那還了得！——只聽我父親歎道，時代已發展到什麼程度了！

我們兩家人，坐在那四方的天底下，關起院門來其實是一個完整的小世界。不管談的是什麼，這世界還是那樣的單純，潔淨，古老……使我後來相信，我們其實是生活在一場遙遠的夢裡面，而這夢，竟是那樣的美好。

二

有一天，大老鄭帶了一個女人回來。

這女人並不美，她是刀削臉，卻生得骨骼粗大。人又高又瘦，身材又板，從後面看上去倒像個男人。她穿著一身黑西服，白旅遊鞋，這一打眼，就不是我們小城女子的打扮了。說是鄉下人吧，也不像。因為我們這裡的鄉下女子，多是老老實實的莊稼人的打扮，她們不洋氣，可是她們樸素自然，即便穿著碎花布襖，方口布鞋，那樣子也是得體的，落落大方的。

我們也不認為，這是大老鄭的老婆，因為沒有哪個男人是這樣帶老婆進家門的。大老鄭把她帶進我家的院子裡，並不做任何介紹，只朝我們笑笑，就進屋了。隔了一會兒，他又出來了，踅在門口站了會兒，仍舊朝我們笑笑。

我們也只好笑笑。

我母親把二老鄭拉到一邊說，該不會是你哥哥雇的保母吧。二老鄭探頭看了一眼，說，不像。保母哪有這樣的派頭，拎兩只皮箱來呢。

我母親說，看樣子要在這裡落腳了，你哥哥給你們找了個新嫂子呢。二老鄭便吐了一下舌頭，笑著跑了。

說話已到了傍晚，天色還未完全暗下來，從那半開著的門窗裡，我們就看見了這個女人，她坐在靠床的一張椅子上，略低著頭，燈光底下只看見她那張平坦的臉，把眼睛低著，看自己的腳。她大約是坐得無聊了，偶爾就抬起頭來朝院子裡睃上一眼，沒想到和我們其中一個的眼睛碰個正著，她就又重新低下了頭，手不知往哪放，先拉拉衣角，然後有點侷促的，就擺弄自己的手去了。

她的樣子是有點像做新娘子的，害羞，拘謹，生疏。來到一個新環境裡，似乎還不能適應。屋裡的這個男人，看上去她也不很熟悉，也許見過幾次面，留下一個模糊美好的印象，知道他是個老實人，會待她好，她就同意了，跟了他。

那天晚上，她給我們造成了一種婚嫁的感覺，這感覺莊重，正大，還有點羞澀，彷彿是一對少年夫妻的第一次結合，這中間經過媒妁之言，一層層繁雜的手續……終於等來了這一天。而這一天，院子裡的氣氛是冷淡了些，大家都在觀望。只有大老鄭興興頭頭的，在屋子裡一刻不停地忙碌著，他先是掃地，擦桌子……當這一切都做完的時候，他猶豫了一下，在離她有一拳之隔的床頭坐下了。他搓著手，一直微笑著，也許他在跟她說些什麼，她抬起頭來看他一眼，就笑了。

他起來給她倒了一杯水。

再起來給她搬來一只放杯子的凳子。

那麼下面還能做些什麼呢？想起來了，應該削個蘋果吧，於是他就削蘋果了。他把蘋果削得很慢很慢，像在玩一樣技藝。有時他會看她，但更多的還是看我們，看我和弟弟，還有他家的老四。我們這幾個半大不小的孩子，就站在院子正中的花園裡，一邊說著玩著笑著，一邊裝作不經意地探頭看著……隔著花園裡的各種盆盆罐罐，兩棵冬青樹，我們看見大老鄭半惱不惱地瞪著我們，他伸出一隻腿來把門輕輕地擋上了。

那天晚上，這女人就在大老鄭的房裡住下了。原先，大老鄭是和老四住一間房，後來，老四被叫進去了，隔了一會兒，我們看見他捲著鋪蓋從這一間房挪到另一間房，他又嘟著嘴，好像很不情願的樣子，我們就都笑了。

那天的氣氛很奇怪，我們一直在笑。按說，這件事本沒有什麼特別可笑的地方，因為我們小城的風氣雖然保守了些，可是在男女之事上，也有它開通豁達的一面。大約這類事在哪裡都是免不了的，一個已婚男子，老婆又常不在身邊，那麼，他偶爾做些偷雞摸狗的事也是正常的。我父親有一個朋友，我們喚作李叔叔的，最是個促狹的人物，因常來我們家，和大老鄭混熟了，有一次他就拿他開玩笑說，大老鄭，給你找個女朋友吧？

大老鄭便笑了，囁嚅著嘴巴，半晌沒見他說出什麼來。李叔叔說，你看，你長得又好，牙齒又白，還動不動就臉紅——

我母親一旁笑道，你別逗他了，大老鄭老實，他不是那種人。

可是那天晚上，我母親也不得不承認道：這個死大老鄭，我真是沒看出來呢。她坐在沙發上，很篤定地等大老鄭過來跟她談一次。她是房主，院子裡突然多出來一個女人，她總得過問一下，瞭解一些情況吧。

原來，這女人確是我們當地的，雖家在鄉下，可是來城裡已有很多年了。先是在麵粉廠做臨時工，後來不知為什麼辭了職，在人民劇場一帶賣葵花籽。我母親說，我們也常去人民劇場看電影看戲的，怎麼就沒見過你？

女人說，我也常回家的。——當天晚些時候，大老鄭領女人過來拜謁我母親，兩人坐在我家的客廳裡，女人不太說什麼，只是低著頭，拿手指一遍遍地劃沙發上的布紋，她劃得很認真，那短暫的十幾分鐘，她的心思都集中到她的手指和布紋上去了吧？大老鄭呢，只是一個勁地抽著菸，偶爾，他和我母親聊些別的事，常常就沉默了。話簡直沒法說下去了，他抬頭看了一眼燈下的蛾蟲，就笑了。我母親說，你笑什麼？

大老鄭說，我沒笑啊。

這麼一說，禁不住女人也笑了起來。

女人就這樣來到我們的生活裡，成為院子裡的一個成員。這一類的事，又不便明說的，大家也就睜一隻眼閉一隻眼的，就此混過去算了。我母親原是極開明的，可是有一陣子，她也苦惱了，常對我父親嘀咕道，這叫什麼事啊！家妻外妾的，還當真過起小日子來了。——又是歎氣，又是笑的，說，別人要是知道了，還不知該怎麼嚼舌呢，以為我這院子是藏污納垢的——

其實，這是我母親多慮了。時間已走到了一九八七年秋天，我們小城的風氣已經很開化了。像暗娼這樣古老的職業都慢慢回頭了，公安局就常下達「掃黃」文件，我父親所在的報社也做過幾次追蹤報導。當然了，我們誰也沒見過暗娼，也不知她們長什麼樣子，穿什麼樣的衣裳，有著怎樣的言行和作派，所以私下裡都很好奇。我母親因笑道，再怎麼著，大老鄭帶來的這個也不像。我奶奶說，不像，這孩子老實。再則呢，她也不漂亮，吃這行飯的，沒個臉蛋身段，那股子浪勁，那還不餓死！我父親笑道，你們都瞎說什麼呢？

總之，那些年，我們的疑心病是重了些，我們是對一切都有好奇、都要猜忌的。那的確是個與眾不同的年代吧，人心總是急吼吼的，好像睡覺也睡不安穩。一夜醒來，看到的不過還是那些舊街道和舊樓房，可是你總會感覺到，有什麼東西變了，它正在變，它已經變了，它就發生在我們的生活裡，而我們是看不見的。

無論如何，女人就在我家的院子裡住了下來。起先，我們對她並不友善，我母親也有點忌諱她和大老鄭的姘居關係，可是她又不能趕的，一則和大老鄭的交情還不錯，二則呢，這女人也著實可憐，沒家沒道的。鄉下還有個八歲的男孩，因離了婚，判給前夫了。

她待大老鄭又是極好的，主要是勤快，不惜力氣。平時漿洗縫補那是免不了的，幾個兄弟回來，哪次吃的不是現成飯？還換著花樣，今天吃魚明天吃肉的，逢著大老鄭興致好了，哥幾個咂二兩小酒也是有的。他們一家子人，圍著飯桌坐著，在日光燈底下，剛擦洗過的地面泛著清冷的光。

有時候，飯是吃得冷清了些，都不太說話，偶爾大老鄭會搭訕兩句，女人坐在一旁靜靜地笑。有時卻正好相反，許是喝了點酒的緣故吧，氣氛就活躍了起來。老二敲著竹筷唱起了歌，他唱著哩哩啦啦的，不成腔調，女人抿嘴一樂道，是喝多了吧？

老三說，別理他，他一會就好了。

兩人都愣了一下，可不是，話就這麼接上了，連他們自己都不提防。鄭家幾個兄弟都是老實人，他們對她始終是淡淡的，淡不是冷淡，而是害羞和難堪。就比如說她姓章，可是怎麼稱呼呢，又不能叫嫂子或姊姊的，於是就叫一聲「哎」吧，「哎」了以後再笑笑。

女人很聰明，許是看出我們的態度有點睥睨，所以輕易不出門的。白天她一個人在家，她把衣服洗了，飯做了，衛生打掃了，就坐在沙發上嗑嗑瓜子，看看電視。看見我們，照例會笑笑，抬一下身子，並不多說什麼。從她進駐的那一天起，這屋子就變了，新添了沙發、茶几、電視……她還養了一隻貓，秋天的下午，貓躺在門洞裡睡著了，下午三、四點鐘的太陽照下來，使整個屋子洋溢著動物皮毛一樣的溫暖。

有一次，我看見她在織手套，棗紅色的，手形小巧而精緻，就問，給誰的？織給兒子的嗎？她笑道，兒子的手會有這麼大？是老四的。她放下手裡的活，找來織好的那一隻放在我手上比試一下，說，我估計差不多，不會小吧？

幾個弟弟中，她是最疼老四的，老四嘴巴甜，又不明事理，有一次就喊她做「姊姊」了，她愣了一下。一旁的老二老三對了對眼色，竟笑了。沒人的時候，老四會告訴她莆田的一些事情，他的嫂子，兩個姪兒。他們鎮上，很多人家都住上小樓了，她就問，那你家呢？老四說，暫時還沒有，不過也快了。

她又問，你嫂子漂亮嗎？這個讓老四為難了，他低著頭，把手伸進脖頸處搆了搆，說，反正是，挺胖的。她就笑了。

她並不太多問什麼的，說了一會兒話，就差老四回房，看看他二哥三哥可在，老四把頭貼在窗玻璃上說，你待會來打掃吧，他們在睡覺。她笑道，誰說我要打掃，我要洗被子，順帶把你們的一塊洗了。

她雖是個鄉下人，卻是極愛乾淨的，和幾個兄弟又都處得不錯，平時幫襯著替他們做點事情。她說，我就想著，他們挺不容易的，到這千兒八百里的地方來，也沒個親戚朋友的，也沒個女人。說著就笑了起來。她的性格是有點淡的，不太愛說話，可是即便一個人在房間裡坐著，房間裡也到處都是她的氣息。就像是，她把房間給撐起來了，她大了，房間小了。

也真是奇怪，原來我們看見的散沙一樣的四個男人，從她住進來不久，就不見了，他們被她身上一種奇怪的東西統領著，服從了，慢慢成了一個整體。有一次，我母親歎道，屋裡有個女人，到底不一樣些，這就像個家了。

而在這個家裡，她並不是自覺的，就扮演了她所能扮演的一切角色，妻子，母親，傭工，女主人……而她，不過是大老鄭的萍水相逢的女人。

她和大老鄭算得上是恩愛了。也說不上哪恩愛，在他們居家過日子的生活裡，一切都是平平常常的，不過是在一間屋子裡吃飯，睡覺。得空大老鄭就回來看看，也沒什麼要緊事，就是陪陪她，一起說說話。她坐在床上，他坐在床對面的沙發上。門也不關。——門一不關，大方就出來了，就像夫妻了。

慢慢地，我們也把她當作大老鄭的妻了，竟忘了莆田的那個。我們說話又總是很小心，生怕傷了她。只有一次，莆田的那個來信了，我奶奶對大老鄭笑道，信上說什麼了？是不是盼著你回去呢？我母親咳嗽了一聲，我奶奶立刻意識到了，訕訕的，很難為情了。女人像是沒聽見似的，微笑著坐在燈影裡，相當安靜地削蘋果給我們吃。

也許我們不會意識到，時間怎樣糾正了我們，半年過去了，我們接受了這女人，並喜歡上了她。我們對她是不敢有一點猜想的，彷彿這樣就褻瀆了她。我母親曾戲稱他們叫「野鴛鴦」的，她說，她待他好，不過是貪圖他那點錢。後來，我母親就不說了，因為這話沒意思透了，在流水一樣平淡的日子裡，我們看見，這對男女是愛著的。

他們愛得很安靜，也許他們是不作興海誓山盟的那一類，經歷了很多事情，都不天真了。往往是晚飯後，如果天不很冷的話，他們就出去走走，我母親打趣道，還軋馬路？怎麼跟年輕人似的。他們就笑笑，女人把圍巾掛在大老鄭的脖子上，又把他的衣領立起來。有時候他們也會帶上老四，老四在院子外玩陀螺，他一邊抽著陀螺，一邊就跟著他們走遠了。

或有碰上他們不出去的，我們兩家依舊是要聊聊天的，說一說天氣，飲食，時政。老二依在門口，說了一句笑話，我們便「噗嗤」一聲笑了，也是趕巧了，這時候從隔壁的房間裡傳來了一聲清亮的笛音，試探性的，斷斷續續的，女人說，老三又在吹笛子了。我們便屏住了聲息，老三吹得不很熟練，然而聽得出來，這是一首憂傷的調子，在寒夜的上空，像雲霧一樣靜靜地升起來了。

我家的院子似乎又恢復了從前的樣子，甚至比從前還要好。一個有月亮光的晚上，人們寒縮，久長，溫暖。靜靜地坐在屋子裡，知道另一間屋子裡有一個女人，她坐在沙發上織毛線衣，貓蜷在她腳下睡著了。冬夜是如此清冷，然而她給我們帶來了一種歲月悠長的東西，這東西是安穩，齊整，像冬天裡人嘴裡哈出來的一口熱氣，雖然它不久就要冷了，可是那一瞬間，它在著。她坐在哪兒，哪兒就有小火爐的暖香，烘烘的木屑的氣味，整間屋子地瀰漫著，然而我們真的要睡了。

有一陣子，我母親很為他們憂慮，她說，這一對露水夫妻，好成這樣子，總得有個結果吧？

然而他們卻不像有「結果」的樣子，看上去，他們是把一天當作一生來過的，所以很沉著，一點都不著急。冬天的午後，我們照例是要午睡的，這一對卻坐在門洞裡，男人在削竹片，女人搬個矮凳坐在他身後，她把毛線團高高地舉起來，逗貓玩。貓爬到她身上去了，她跳起來，一路小跑著，且回頭「喵喵」地叫喚著，笑著。

這時候，她身上的孩子氣就出來了，非常生動的，俏皮的，像一個可愛的姑娘。她年紀並不大，頂多有二十七、八歲吧。有時候她把眼睛抬一抬，眼風裡是有那麼一點活潑的東西的。——背著許多人，她在大老鄭面前，未嘗就不是個活色生香的女人。

逢著這時候，大老鄭是會笑的，他看她的眼神很奇怪，是一個男人對女人的，又是一個長者對孩子的，他說，你就不能安靜會兒。

她重新踅回來坐在他身後，或許是拿手指戳了戳他的腰，他回過頭來笑道，你幹什麼？她說，沒幹什麼。他們不時地總要打量上幾眼，笑笑，不說什麼，又埋頭幹活了。看得多了，她就會說，你傻不傻？大老鄭笑道，傻。

這時候，輪著他做小孩子了，她像個長者。

三

第二年開春，院子裡來了一個男人。這男人大約有四十來歲吧，一身鄉下人的打扮，穿著藏青褲子，解放鞋。許是早春時節，天嫌冷了些，他的對襟棉襖還未脫身，袖口又短，穿在身上使他整個人變得寒縮，緊張。

按說，我們也算是見過一些鄉下人的，有的甚至比他穿得還要隨便，不講究的，但沒有像他這樣邋遢、落伍的……他又是一副渾然無知的樣子，看上去既愚鈍又迂腐，像對一切都要服從，都能妥協的。那些年，我們這裡的鄉下人也多有活絡的，部分時髦人物甚至膽敢到城裡來做買賣的，開口閉口就談錢，經濟、回扣，十足見過世面的樣子。可這個男人不是，看得出來，他是屬於土地的，他固守在那裡，擺弄擺弄莊稼……這大概是他第一次進城吧？

他像是要找人的樣子，有點怯生生的，先是站在我家院門外略張了張，待進不進的。手裡又攥著一張皺巴巴的紙條，不時地朝門牌上對照著。那天是星期天，院子裡沒什麼人，吃完了午飯，大老鄭攜女人逛街去了，其餘的人，或有出去辦事的，到澡堂洗澡的，串門的……因此只剩下我和母親在太陽底下閒坐著。老四和我弟弟伏在地上打玻璃球。

這時候，我們就看見了他，生澀地笑著，瑟縮而謙卑，彷彿怕得罪誰似的。我母親因勾頭問道，你找誰？他低下頭，微微彎著身子，把手抄進衣袖裡說道，我來找我的女人。我母親說，你女人叫什麼？並向他招招手，他滿懷感激地就進來了，輕聲說了一個名字，我母親扭頭看了我一眼，噢了一聲。

他要找的是大老鄭的女人，這就是說，他是女人的前夫了？

我們再也不會想到，這輩子會見到女人的前夫，因此都細細地打量起他來。他長得還算結實，一張紅膛臉，五官怕比大老鄭還要精緻些，只是膚質粗糙，明顯能看出風吹日曬的痕跡，那痕跡裡有塵土，暴陽，田間勞作的種種辛苦……也不知為什麼，這鄉下人身上的辛苦是如此多而且沉重，彷彿我們就看見似的，其實也沒有。

他一個人站在我家的院子裡，孤零零的，顯得那樣的小，而且蒼茫。春天的太陽底下，我們吃飽了飯，溫暖，麻木，昏沉，然而看見他，心卻一凜，陡地醒過來了。我母親說，要麼，你就等等？他笑笑。我母親示意我進屋搬個凳子出來，等我把凳子搬出來時，他已貼著牆壁蹲下了，從懷裡取出菸斗，在水泥地上磕了磕。

無庸諱言，我們對他是有一點好奇的。就比如說，我們不知道他為什麼來找女人，是想重修舊好嗎？他們現在還有密切的聯繫嗎？他們又是怎麼離的婚？我們對女人是一點都不瞭解的，只知道她的好，他也是好的……可是兩個好人，怎麼就不能安安生生的過日子呢？

起先，他是很拘謹的，不太說什麼。可是也就一袋菸的工夫，他就和我母親聊上了。原來，他是極愛說話的，他說話的時候有一種沉穩又活潑的聲色，使我們稍稍有些驚詫，又覺得他是可愛的。他說起田裡的收成，他家的一頭母豬和五頭小豬，屋後的樹……總之加起來，扣除稅和村上的提留，他一年也能掙個幾百塊錢呢！——不過，他又歎道，也沒用處，這幾百塊錢得分開八瓣了用，買化肥和農藥，孩子的書學費，他寡母的醫藥費……所以，手裡不但落不下什麼錢，反倒欠了些債。

我母親說，這如何是好呢？

他沒有答話，把手伸進腋窩裡撓了幾下，拿出來嗅嗅，就又說起他們村上，有兩家萬元戶的，他們憑什麼？不就因著手裡有點餘錢，承包個果園，魚塘……他哼了一聲，看得出有點不屑了。他們丟了田，他咕噥道，天要罰的。他說這話時有一種平靜的聲氣，很憂傷，而且悲苦。

我母親打趣道，依我看，你要解放思想，那田不種也罷。

他打量了我母親一眼，甕聲甕氣說道，種田好。

我母親笑道，怎麼好了？種田你就當不上萬元戶。

他的臉都脹紅了，急忙申辯道，種田踏實。自從盤古開天以來，哪有農民不種田的，你倒跟我說說！也就是這些年——可這些年怎麼了，他一下子又說不出來了——再說，我不當萬元戶，也照樣有飯吃，有衣穿，也能住上新瓦房。不過——他想了想，把手肘壓在膝蓋上，突然羞澀地笑了。他承認道，造瓦房的錢主要是女人的，她在城裡當幹部，每月總能掙個三四百，夠得上他半年的收入了。

我們都愣了一下，我母親疑惑道，當幹部？當什麼幹部？我一個月都掙不了三四百，問問這城裡，除了做生意的——再說，不是離婚了嗎？

離婚？他扶著膝蓋站起來了，睜大眼睛說道，你聽誰說的？

看他那眉目神情，我們都有點明白了，也許……我們應該懷疑，什麼地方出問題了，我們被蒙蔽了。他不是女人的前夫，他是她的男人。我母親朝我努努嘴，示意我把老四和弟弟領到院外去，她又笑道，瞧我說的這是哪門子胡話，因不常見著你，小章又一個人住，就以為你們是離了婚的。

男人委屈地叫道，她不讓我來呀。再說了，家前屋後的也離不開人，要不是細伢子❶的書學費……這不，都欠了一個月了。老師下最後通牒了，說是再不交就甭上學了。也是趕巧了，那天二順子進城，在這門口看見了她，要不我哪找她去？

他絮絮地說著，抱怨起這些年他的生活，又當爹又當媽的，家也不像家了；但凡手裡寬綽些，他也不會放她出來。當什麼幹部？——他嗤地一聲笑了，我還不知道她那點能耐？雙手捧不動四兩的，也就混在棉織廠，當個臨時組長罷了。

我和母親面面相覷。麵粉廠，棉織廠，人民劇場賣葵花籽……這麼一說，都是假的了。我母親且不敢聲張，又拐彎抹角的問了他一些別的。總之，事情漸趨明朗了，它被撕開了面紗，朝我們最不願意看到的那個方向轉彎了。

男人一說竟滑了嘴，收不住了。那天晌午，我們耳旁嗡嗡的全是他的聲音。那是怎樣的聲音啊……一說起他的婆娘，他顯得那樣的羅嗦❷，親切而且憂傷。他時常想她嗎？夜深人靜的時候，他是否常常就醒過來，看窗格子外的一輪月亮。一天中難得有這樣的時刻，能靜下來想點事情吧？白天下田勞作，晚上鍋前灶後地忙碌，一年年地，他侍候老母，撫養幼子……這簡直要了他

❶意指小孩。
❷意指聒噪吵鬧。

的命！他的女人在哪？這當兒，她也睡了吧？一想起她在床上的熊樣子，他就想笑。想得要命。她是顧家的，哪次回來沒給他捎上好的菸葉，給兒子買各式玩具，給婆婆帶幾樣藥品？可他不如意，也不知為什麼，有時簡直想哭。他就想著，等日子好了，他要把她接回來，安派她做分內的事，讓家裡重新燃起油煙氣。

呵，讓家裡燃起油煙氣。那一刻，他坐在正午的太陽底下，慢慢地瞇起了眼睛。

他停頓了一下，許是說累了，不願再說下去了。在那空曠的正午，滿地白金的太陽影子，我家的院子突然變得大了，聽不到一點聲音，人身上要出汗了。——再也沒有比這更寂寞、荒涼的一瞬間，我們一點點地沉了下去，在太陽地裡坐得久了，猛地抬起頭來，陽光變成黑色的了。

丈夫最終沒能等來他的女人，他興高采烈地回去了。他知道，隔幾天他的女人就會把工資如數上交，他要用這筆錢給細伢子交書學費。他又從門洞裡拖出半袋米，託我們轉交，說，這是好米，在城裡能賣不少的價錢呢，留著她吃吧；我們在家裡的，能省則省些。

女人是在晚上才回的家，她跟在大老鄭的後頭，手裡提著大包小包的。我母親趨前問道，都買了什麼？大老鄭笑道，隨便給她買了些衣服。女人立在床頭，把東西一樣樣地抖出來，皮鞋，衣裙……又把一件衣料放在膀子上比試一下，問我母親道，也不知好看不好看？我就嫌它太花俏了，都是他主張要買。大老鄭笑道，這幾樣當中，我就看中這一件，花色好，穿上去人會顯得俏麗。

平心而論，女人的作派和先前沒什麼兩樣，可是我們都看出一些別的來了。就比如說她是細長眼睛，大老鄭說話的當兒，她把眼睛稍稍往上一抬，慢慢的，又像是不經意的……反正我是怎麼也描述不出來，學不出來的。——就這麼一抬，我母親拿手肘抵抵我，耳語道，真像。

原來，我母親早就聽人說過，我們城裡有兩類賣春的婦女，說起來這都是廣州髮廊以後的事了。就有一次，有人指著沿街走過的一個女子，告訴她說這是做「那營生」的。那真是天仙似的一個人物，我母親後來說，年輕且不論，光那打扮我們城裡就沒見過；我母親因問道，不是本地人吧？那人淡淡笑道，哪有本地人在本地做生意的？她們敢嗎？人有臉，樹有皮，再不濟也得給親戚朋友留點顏面，萬一做到兄弟、叔伯身上怎麼辦？

還有一類倒真是我們本地人，像大老鄭的女人，操的是半良半娼的職業。對於類似的說法，我母親一向是不信的，以為是謠言，她的理由是，良就是良，娼就是娼，哪有兩邊都沾著的？殊不知，這一類的婦女在我們小城竟是有一些的，她們大多是鄉下人，又都結過婚，有家室，因此不願背井離鄉。

這類婦女做的多是外地人的生意，她們原本良善，或因家境貧寒，在鄉下又手不縛雞，吃不了苦，耐不了勞；或有是貪圖富貴享樂的；也有因家庭不和而離家出走的……凡此種種，不一而足。她們找的多是一些未帶家眷的生意人，手裡總還有點錢，又老實持重，不寒磣，長得又過得去，天長日久，漸漸生了情意，戀愛上了。

她們用一個婦人該有的細心、整潔和勤快，慰藉這些身在異鄉的遊子，給他們洗衣做飯，陪他們說話；在他們愁苦的時候，給他們安慰，逗他們開心，替他們出謀畫策；在他們想女人的時候，給他們身體；想家的時候，給他們製造一個臨時的安樂窩……她們幾乎是全方位的付出，而這，不過是一個婦人性情裡該有的，於她們是本色。她們於其中雖是得了報酬的，卻也是兩情相悅的。

若是脾性合不來的，那自然很快分手了，絲毫不覺得可惜；若是感情好的，那男人最終又要回去的，難免就有麻煩了，總會痛哭幾場，繾綣難分，互留了信物，相約日後再見的，不過真走了，也慢慢好了，人總得活下去吧？隔一些日子，待感情慢慢地平淡了，她們就又相中了一個男子，和他一起過日子去了。

做這一路營生的婦人，多由媒人介紹來的，據說和一般的相親沒什麼兩樣，看上兩眼，互相滿意了，就隨主顧一起走了。而這一類的婦人，天性裡有一些東西是異於常人的，就比如說，她們多情，很容易就憐惜了一個男子；她們或許是念舊的，但絕不癡情。她們是能生生不息、換不同男子愛著的……或許，這不是職業習性造就的，而是天性。

和我們一樣，她們也瞧不起娼妓，大老鄭的女人就說過，那多髒，多下流呀！而且，也不衛生。她吃吃地笑起來，那是早些時候，她的「前夫」還未出現。她們和娼妓相比，自然是有區別的，和一般婦女比呢，就有點說不清楚了。照我看來，唯一的區別就在於，在通過戀愛或婚嫁改善境遇方面，她們是說在明處的，而普通婦女是做在暗處的。因此，她們是更爽利、坦白的一類人，值不值得尊敬是另一說了。

我們家對過，有一戶姓馮人家的老太太，我們都喚作馮奶奶的，最是個開朗通達的人物。長得又好，皮膚白，頭髮也白，夏天若是穿上一身白府綢衣褂，真是跟雪人一般。這老太太是頗有點見識的，大概因她兒了在監察局做局長、女兒在人民醫院做護士長的緣故吧，她說起天文地理來，那是能讓人震一震的。常常是坐在自家門口剝毛豆米，隔著一條馬路就朝我奶奶喊過來，你家今天吃什麼？兩個老太太一遞一聲地說著話，末了她端著一個竹筐子，一路顛顛地就跑過來了。看見我，就笑道，阿大下學堂了？看見我弟弟，就說，小二子，今天挨沒挨先生批？她是很得人緣的一個，凡是認識她的沒有不尊敬她的。她的風流事在我們這一帶是傳遍了的，年輕時因男人跑臺灣，單單丟下她娘兒三個，兩張嗷嗷待哺的嘴，怎麼活呀？就找相好唄，也不知找了多少個，才把這兩個孩子拉扯大，出息了，成家了。倘若有人跟她作媒，她大凡是回絕的，說的是，她男人一天不死，她就要等他回來。有人背地裡取笑她，這叫什麼等？比她男人在時還快活。無論如何，她是撫養了兩個孩子，不是含辛茹苦，而是快快樂樂。

我們無論如何也說不清，在大老鄭的女人和馮奶奶之間，到底有何不同，可是我們能諒解馮奶奶，而不能諒解大老鄭的女人。我母親很快下了逐客令，當天晚上，她就找大老鄭過來攤牌了，大老鄭如實招供，和我們瞭解的情況沒什麼出入，不過他說，她是個好人。我母親通情達理地說，我知道。你也是好人，可是這跟好人壞人沒關係，我們是體面人家，要面子，別的都好說，單是這方面……你不要讓我太為難。

我母親又說，你是生意人，凡事得有個分寸，別讓外人把你的家底給扒光了。大老鄭難堪地笑著，隔了一會兒，他搓搓手道，這個，我其實是明白的。

大老鄭攜女人走了，為了眼不見心不煩，我母親讓他的幾個兄弟也跟著一起走了。從那以後，我們再也沒見過他們，也沒聽到過他們的任何訊息了。

這一晃，已是十五年過去了，我們也不知道，大老鄭和他的女人，他們過得還好嗎？他們是不是早分開了？各自回家了？在他們離開院子的最初幾個年頭，每到夏天，我們乘涼的時候，或是冬天，我們早早縮在被子裡取暖的時候，就會想起他們，那是怎樣安寧純樸的時光啊，像我們幻想中的莆田的竹林，在月光底下發出靜謐的光……現在，它已經遙不可及了；或許，它壓根兒就沒存在過？

而這些年來，我們小城是一步步往前走著的，這其中也不知發生了多少事；有一次，我父親因想起他們，就笑道，這叫怎麼說呢，賣笑能賣到這種分上，還搭進了一點感情，好歹是小城特色吧，也算古風未泯。我母親則說，也不一定，賣身就是賣身，弄到最後把感情也賣了，可見比娼妓還不如。

唉，這些事誰能說得好呢？我們也就私下裡瞎議論罷了。

化妆

一

十年前，嘉麗還是個窮學生，沉默，訥言，走路慢吞吞的，她長得既不難看，也不十分漂亮，像校園裡的大部分女生一樣，她戴著一副厚眼鏡。

嘉麗不知道自己的眼睛有多美：大，安靜，靈活，時常煥發出神采。有一次，一個男生跟她說，你的眼睛裡有光。嘉麗說，誰的眼睛裡沒有光？那個男生看了她一眼，笑道，我是說……你的腦子裡。你的腦子裡有光。

嘉麗一陣害羞，她知道他在說什麼了。嘉麗平時沒沒無聞，很少引人注目，她是個平庸的學生，精力既不花在學業上，也不像一般的女生，花在戀愛和穿衣打扮上。整天，她的腦子裡會像冒氣泡一樣地，冒出很多稀奇古怪的小念頭和小想法，那真是光，磷火一樣眨著幽深的眼睛；又像是蚊蟲的嗡嗡聲，飛繞在她的生活裡，趕都趕不走。有時候，她像是被這些念頭和想法給嚇壞了，擔心有一天會被它們所驅動，一不小心做出什麼驚人之舉來；但有時候，她又像是樂在其中，沉浸在一種無與倫比的激動和快活裡。

大學四年，嘉麗生活得還算平靜，沒有人知道她在想些什麼，而且謝天謝地，她也並未做出什麼荒唐事來。

大學最後一年的那個秋天，嘉麗被分派到鄰市的一家中級法院實習。就在這短短的半年見習期內，她愛上了她所在科室的科長，並且和他發生了關係。他姓張，一個三十多歲、精明強悍的法官，有家室，是一個八歲男孩的父親。他的家庭看上去還不壞，辦公桌的玻璃檯板下就壓著這一家三口的合影，坐在春天的草坪上，兩個中年夫婦帶一個孩子，眼睛望到虛空的某個地方，安靜而矜持地微笑著。嘉麗難過了很久。

嘉麗就這樣不可救藥地墮入了一段戀情裡，她那麼笨拙，沉迷，憂傷，還來不及有戀愛經驗，學校裡有那麼多青春年少的男孩子，可是嘉麗能抵擋住這些男孩子，卻抵擋不住這樣一個男了。她的辦公桌就在他的對面，有時不經意的某個瞬間，兩人的眼神會撞到一起，隨即分開了。嘉麗簡直不敢看他的眼睛，那樣的沉著，靜美，他看上去比實際年齡要年輕一些，架著秀郎鏡，舉止溫和，風度翩翩。

一個星期四的下午，天突然下起了雨，辦公室的人都出去辦案了，只剩下嘉麗一個人，她在翻一張舊報紙，不時地拿手去摟一下肩膀。這時她聽到對面有一個聲音說，冷吧？

嘉麗並沒有吃驚，她大方而鎮靜地朝他笑笑。他顯然剛從酒席上回來，頭髮濕漉漉的，身上有雨和酒混雜的氣味。他立在辦公桌旁摸索一通，攏攏文件，放在桌子上磕磕。有一瞬間，他的眼睛像是瞥過了嘉麗，神情有點呆呆的。他起身去臉盆架旁拿毛巾，走至嘉麗身邊時卻又站下來，問她一些工作上的事。嘉麗把手肘撐在桌子上，從敞開的喇叭袖薄毛衣裡露出蔥管一樣青白的手臂。她並沒有看他，然而她知道，他的眼睛一定落在她的手臂上，一寸寸的像螞蟻在爬。

嘉麗放下了手臂，很吃力地攤在桌了上。他上前捏捏她手臂外面的衣袖說，穿得這樣少！嘉麗吃了一驚，那完全是他的低吟，像咬著她的耳垂，朝耳膜裡輕輕地吐著氣。

約會是在兩天以後，週日的一個傍晚，他來宿舍找她，手裡拿著一摞文件，急匆匆的樣子，一路上和同事打著招呼，敷衍了很多話。進門的時候話倒又少了，坐在椅子上，一言不發地看著她。兩天不見，他邋遢了許多，鬍子拉碴的，一副疲遝相。他告訴她，他睡得不好。嘉麗的身體緊了一下，她明知故問道：怎麼啦？

他低了低眼瞼，站起來一把摟住了她，嘴唇直拱進她的耳朵裡，說了些誰也聽不清的糊塗話。

兩人都知道，這是一段毫無希望的戀情，況且，嘉麗的日子不多了，再有兩個月，她就要回到學校，接受分配。躺在一起的時候，他時常扳著手指算道，還有四十三天……三十二天。越發要發瘋的樣子。有時候，他也會靜下來，認真地打量她，像是從來不認識她似的，要把她吸進身體裡。他說，嘉麗。

嘉麗應了一聲。

他又說，嘉麗。

嘉麗扯扯他的頭髮，笑道，怎麼啦？

他咕噥道，我只是想喊喊你的名字。

嘉麗的眼睛突然一陣發澀。在這一刻，她發現這個男人愛她，當他們躺在床上的時候，當他觸碰到她的身體……他愛她。他破例說很多話，跟她掏心窩子：他們單位，誰和誰好，誰和誰不好，他這科長是怎麼升上去的，他是苦孩子出身……他妻子是怎麼追的他，人人都說她好，可是他恨她！結婚十五年了，不在一起睡覺已經七年了。

他和嘉麗亦很少一起睡覺，因為沒有機會。每天朝夕相處，各自的眼角裡會帶上對方的衣袂，一隻手，一綹頭髮，半張臉，可是沒有機會。他像是急了，偶爾會猛一抬頭久久地瞪著她，像是攢了一身的力氣，全然不顧別人看見與否。嘉麗趕忙低下頭，她不敢理會，他瘋了。又有次，他藉故走到她身邊看一份文件，一邊說著話，一邊在文件上指點著，另一隻手卻摸摸索索塞進她手心裡，在裡面橫衝豎撞的。嘉麗驚恐地看著辦公室裡的其他人，身上兀自冒出冷汗。很多年後，嘉麗想，這男人是有點窮兇極惡的。

他不過是想和她睡覺，他繁忙，嘈雜，怯弱，每天被形形色色的人包圍著：他的上司，同僚，打官司的人，朋友，他的老婆和孩子……他只有很少的時間給嘉麗。好不容易偷閒把她帶到賓館裡，吃完了飯，就急匆匆地抱住她，把臉藏在她的胸脯裡，一刻也不能消停。嘉麗歎了口氣，因為她愛他，她得服從他。

嘉麗究竟不知這男女之事有何樂趣可言，她愛他是因為他身上有一些別的，那細微的、很多人都不注意的：他的頭髮，衣著，安靜下來時像黃昏一樣的眼神，他的孩子氣，喝醉酒時會跟她胡鬧，說同事的壞話，把桌子拍得叮咚響。他人前神氣活現的樣子……有一天晚上，他突然對著她哭了，他說他不如意，很失敗……如果他清醒，如果他老婆不呼他回家，嘉麗會瞭解到他的痛苦，然而他走了。

那天晚上，嘉麗才明白她愛的是這個男人的痛苦，那誰也不知曉的他生命的一部分。有一天下午，兩人站在高樓的窗前，他從身後抱住了她，孩子一樣把頭偎在她的肩上，嘉麗突然一陣哽咽。他不作聲，把手罩在她的眼睛上，眼淚掉一滴，他就擦一滴。後來他把她扳過來，愧疚地說，嘉麗，我不能給你什麼。

嘉麗含著淚，微笑著，很慢很慢地搖著頭。她不需要。這是她生命中最美的一段，她二十二歲，有著枝繁葉茂的正在開放的身體，很多年後，她一定會記得這一段，記得這個男人，因為他曾陪她一起開放過。

嘉麗很窮，她每月靠父母從郵局匯來的生活費過活，下面還有一個正在讀大二的弟弟。她父母都是普通工人，舉債供她姊弟倆念大學，因著這一層，嘉麗總是記得。有一年暑假，她跟一個女同學回家住幾天，那女同學比她高大許多，她母親便把女兒從前穿剩的衣服送與嘉麗穿，嘉麗不要。她母親說，你看，都是舊衣服，也不值什麼錢的。

嘉麗頓時淚落。

她不能忘記她的窮，這窮在她心裡，比什麼都重要。她要時刻提醒自己，吃最簡單的食物，穿最樸素的衣服，過有尊嚴的生活。有時嘉麗亦想，她這一生最愛的是什麼？是男人嗎？是一段刻骨銘心的情感？不是。是她的窮。待她年老的時候，不久於人世的時候，她能想起的肯定是這一段黑暗的日子，大學四年，她暗無天日。她比誰都敏感，她受過傷害，她耿耿於懷。她恨它，亦愛它，她怕自己在這個字眼裡再也跳不出來了。

實習的這段日子，嘉麗跟著科長出入過一些大飯店，他帶她去最豪華的歌舞廳，他一擲千金，然而嘉麗知道他用的不是自己的錢；他本人沒什麼錢，他亦很少送嘉麗禮物，只有一次，他去外地出差，回來的時候給嘉麗捎了一枚戒指，嘉麗抵死不要，她窮慣了，她不需要什麼戒指，戴在手上很不像；她不甚懂黃金的行情，然而她有一個阿姨曾買過戒指來著，個頭比他的大，做工也精緻，據說近千元，嘉麗估量這一枚至少也有四五百元，這麼一想，更加不能要了。

科長很傷心，他說，嘉麗，我沒有別的意思。

嘉麗說，我知道。

他把戒指重新拿出來，給她戴上，嘉麗微笑著把它脫下，他再戴上，她再脫下。他生氣了，陰沉著臉坐在一旁不說話。嘉麗覺得抱歉，她愛他，她就不能收他的東西，這不是別的，這是戒指，戒指是錢買的。她不能收錢。

隔了半晌，他才說，嘉麗，我對你是認真的，我不能給你別的，我只有這麼點東西……我不知道怎樣對你好！

嘉麗最終收下了這枚戒指，自此，他再也不敢提禮物的事了。然而衣服總是要送一點的，嘉麗太不修邊幅了，一身寒素，有一次他忍不住跟她說，嘉麗，你其實挺好看的。

嘉麗噢了一聲笑道：其實？

他說，你只需稍稍打扮一下。

嘉麗不說話了，這是她的痛處。誰不喜歡打扮？誰天生會跟漂亮衣服過不去？她看著大街上那些花枝招展的美女……她不看她們，她鄙視她們，恨她們！可不是，這還是錢的問題。

隔了幾天，他去百貨公司為她挑衣服，又怕她拒絕，便事先跟她打招呼：這次你不能過分！嘉麗意意思思地收下了。她不甚喜歡這些衣服，樣式陳舊，顏色過於鮮亮……嘉麗突然懷疑起這衣服的價格，心裡一陣緊張。後來，她到底沒忍住去百貨公司看了，結果讓她很傷心，他買的是最低檔的衣服，他捨不得錢。——他只送她這一次衣服，她跟他睡了半年，他捨不得錢。

嘉麗重新拿出戒指來，想去金店估一下價，冷笑一聲，到底罷了。有什麼意思？這不是錢的問題！他不愛她，這才是真的，縱使他在她身上花過一些銀兩，也是應該的。嫖娼還要付錢呢。她算道，這半年他在她身上花的錢不足一個嫖客的三次嫖資。三次！她幾次？嘉麗哭了，她的價位還不及一個娼妓。

嘉麗不能忘記，有一次她跟他說起結婚時，他臉上放出的暗淡難堪的笑容，他軟弱地撫著她的頭，堅定地說，他……他不能離婚，他得顧忌到自己的仕途。她是個好孩子，理應明白這一點。他老婆縱有千般不是，然而——然而嘉麗迅速地擦掉眼淚，更多的眼淚掉下來。她為自己傷心。沒有人會像她那樣愛他，視他若生命……而他只想跟她睡覺。

臨走的那天下午，他們又睡了一次。他送她到火車站，離發車時間尚早，他把行囊寄存了，便帶她穿街走巷找到了附近一家小旅館。嘉麗該永遠記得那家骯髒的私人旅館，踏上屋頂上結滿蜘蛛網的搖搖欲墜的樓梯，她的心都灰了。她也奇怪，她怎麼會愛上這麼一個人，沒有志趣，急吼吼的。房間裡只有一張床，床單上有前任房客交媾的遺跡。

嘉麗欲和他說些別的，他看了一下錶，笑道，快點，還來得及。嘉麗像發瘋似的抱住他，剝了他的衣裳。春天的窗外，突然開出了一枝夾竹桃，嘉麗沒有想到，在這樣的環境裡，也能看見花，看見夾竹桃。

隔了一會，他像是享受似的歎道，好久沒有……這樣放蕩過了。他說了真話，很有點不好意思，搭訕似的摘下眼鏡，噘起嘴吹吹，不待擦就又戴上了。嘉麗覺得自己是隔著很遠的距離來打量著這個淫客，她有點不認識他，也再不想見到他。她甚至開始恨這個城市，在這裡生活了半年，它弄了她一身髒氣。

他看著嘉麗，捧起她的臉，在那極漫長的瞬間，他像是起了感情，長久地沉默著。他的神情單純，沉鬱，鏡片上有西窗太陽的光芒。他說，嘉麗，我們以後再也見不著了嗎？

嘉麗搖搖頭。

他說，我會去找你的。

嘉麗聽著他的聲音，一字一頓的，像來自另一個世界。他一下子抱住她，輕輕地咬著她的耳朵，頭髮，脖子，手指，衣裳……有一瞬間，嘉麗也迷糊了。她恍惚覺得他們是愛著的，他身體滿足了，他知道愛了。現在，嘉麗寧願相信是自己錯了，她冤枉了他。從前，她不懂男人，她太小心眼，她對不住他。男人是最奇怪的物種，他動作凶猛，他不善表達……然而他是愛著的。

他像是想起了一件最重要的事，突然從身上摸出三百塊錢來，塞到嘉麗的衣兜裡，說，拿著，給自己買點東西。

嘉麗一下子被驚醒了，她瞪大了眼睛，說不出一句話來。她沒想到他會來這一招，她剛跟他睡過覺，他就給她錢！她咧著嘴巴，一點點、細聲地哭出來。

他不能理會她的意思，竟慌了，語無倫次地安慰她：這錢……嘉麗，你先拿著，我知道你用得上。一回到學校，你就會忘掉我的——他的聲音突然低了，變得軟弱，卑賤，說話時有顫音：我對不起你……錢不多——

嘉麗突然從床上一躍而起，塞住耳朵，對著他的臉發出了那一天在火車站附近都能聽到的尖叫聲。

二

這十年來，嘉麗過得還不錯。她留在了她母校所在的城市，先是不停地跳槽、換工作，直到四年前，她和同伴合夥開了一家律師事務所，後來同伴退出，她一個人把事務所撐下來。這兩年，事務所的狀況明顯地好轉了，她雇了幾個員工，在市中心的黃金地段供了一戶辦公室，每天，她開著那輛黑色的「奧迪」，馳騁在通往鄉間別墅的馬路上……

嘉麗不明白自己為什麼會把她的生活弄得這樣……奢華，流於表面化。沒錯，她有錢，她付得起這個錢。可是，很多有錢人並不都是這樣生活的，他們簡樸，含蓄，從來不亂花一個子兒。嘉麗不。她明知她的這些錢全是花給她自己看的，坐在五星級酒店的旋轉餐廳裡，所有人都不認識她。她靜靜地吃著，一頓午飯花它個六、七百塊錢。

嘉麗不快樂。有時她想，為什麼錢到了她手裡，就突然變得沒意義了呢？這些年來，她不就是為這個而活著的嗎？可這些年來，她無聊，空虛。她只是個樸實的孩子，自小家教嚴明；她常會念叨起自己的窮，沒有人鄙視她——可是她曾經窮過，這才是真的。有一天晚上，她回到寓所裡，突然想起自己這三十年，談過幾個男朋友，最後都走了；她的大學時代，她不能忘記那個叫許嘉麗的學生，她的眼睛裡時常閃著光，她的腦子裡有很多狂想。

呵，那些稀奇古怪的、就連她自己也不甚明瞭的狂想……現在都走了，一個也不剩了。嘉麗突然一陣喪魂落魄，她想哭。她坐在沙發上，後來滑到地板上，她幾乎匍匐在地板上，痛苦地蜷縮成一團。

一天中午，嘉麗接到一個電話，她拿起話筒，只聽那邊「喂」了一聲，她就知道他是誰了。十年過去了，縱使他已經死了，變得灰飛煙滅了，她也辨得出他的聲音。她只奇怪，他怎麼找到她的。這些年來，她做的最為驕傲的一件事，就是成功地擺脫了他。他的那一頁翻過去了。

最初的幾年，她還不能。她時常想起他，夜深人靜的時候會突然從床上坐起來；有時走在上班的路上：清晨的巷口，嘈雜的公車站牌底下；黃昏時坐在路邊的修鞋攤上補鞋子……常常就淚如雨下。很多人看見她在哭，可是不知道她為什麼哭，為誰哭。她從未給他打過電話。

有一年春節，他把電話打到她父母家裡，嘉麗這才想起，當初她給他留過家裡的號碼。他問她好，又簡單地說了些自己的情況，突然歎了一口氣道，嘉麗，我想你。

嘉麗一陣愴然，近乎惱恨。她父母就站在一邊，狐疑地看著她，她不便說什麼，匆匆地掛了電話。後來她叮囑父母，不要把她的聯絡方式告訴任何人。她父母或許是忘了，所以隔個一年半載，他總能找到她，很憂傷的聲音……嘉麗便想著該換電話了。

最後一次通話是在六年前，嘉麗明確地撒謊，她已經結婚了。那邊一陣沉默。隔了很久才問道，還好嗎？

嘉麗說，很好。

他不再說什麼，從此掛了電話。

嘉麗決定見見張科長，既然他已經來到這個城市。——他是來出差的。剛才他在電話裡說，這些年來，他一直不能忘記她，常常想起她。

他是鼓足勇氣才打這個電話的。他說，這幾年，他總有機會來這裡出差，有時走在街上，他希望能在千萬人群裡碰見她，有一個聲音招呼他，有一隻手從身後拍拍他。他突然說，嘉麗，你變了嗎？

嘉麗低頭想了想說，我老了。

他說，我也老了。

嘉麗抱著話筒，拿圓珠筆的那隻手在空中頓了一下，她相信，他是真的老了。她這才發現自己很殘忍，他們都老了。她最年輕的一段是給他的，她竟不留戀！她心一軟，又一次撒謊道，我已經離婚了。

那邊一陣唏噓，電話裡不便多說什麼，便約晚上見。

下午的這四、五個時辰，嘉麗準備去美容店做一下頭髮，精品店裡買幾件衣服，然後回家休息。她估計今晚和他上床是免不了的，既然他們十年未見，況且她又是離過婚的。總之，上床是一定的，要不，太說不過去了。

下面的這件事情，是嘉麗走到一家舊貨商店門口偶爾想起來的。她害羞地推門進去了，肥胖的老闆娘大概是第一次迎來這位衣著時髦的顧客，跟在她的後面不免吃吃艾艾的。嘉麗在舊竹筐裡挑了幾件遭淘汰的學生衫，樣式笨重、失去光澤的舊皮鞋，一件鬆鬆垮垮的對襟黑線衣，放在身上比試一下，滿意地笑了。

現在，她很明確自己想幹什麼了，她要化妝，變成另一個人，那個十年前的自己：暗淡，自卑，貧困。她將重新變得灰頭土臉，沒沒無聞。呵，沒有人會記得她的灰姑娘時代，那像被蟲子啃蝕過的微妙的難堪和痛苦，那些羞辱……沒有人會記起十年前的她，包括她的父母和弟弟，可是他記得，因為他只有這一段。

嘉麗的內心突然一陣溫潤，以至於開始顫抖。她全身心地投入到這次行動中來，她第一次發現，三十年了，沒有哪件事會讓她如此激動。她飛車行駛在鄉間公路上，看見田野的風撲面而來，這是樹葉、麥苗、金黃的油菜花盛開的季節，多少年了，她的生活中不再出現這樣的顏色了？現在，她看著它們，一路飛馳而過，一路微笑歎息著。

嘉麗倒飭[1]了一個下午，才把自己弄得比較滿意。現在，她站在鏡子前，仔細地端詳著自己，自以為是無可挑剔了。鏡子裡的這個女人，看上去有三十歲左右，她戴著一副厚眼鏡（這是她從廢物箱裡找出來的十年前的那只），眼神疑慮、呆滯。她面色蒼黃，皮膚乾燥，勉為一笑的時候，眼角有魚尾紋。她的衣服倒是乾淨利落的，像是經過精心搭配，然而一看就知道是地攤上的便宜貨；她分明是要見某位重要的客人，所以破例地塗上口紅，像第一次塗口紅的人一樣，她猶疑，不踏實，所以塗塗擦擦，最後變成一種讓人不安的顏色。

總之，這樣的一個女人，每天大街上都能看見很多，她平庸，相貌尋常，一看就知道是出身底層，她……她是一個窮人。

呵，一個窮人。嘉麗的身體竟一陣簌簌發抖。誰能夠知曉一個窮人的痛苦：她的委屈和惱恨，她的消沉，她的伸手不見五指的黑暗……嘉麗含著淚看著自己，現在，她真的相信一件事情：她變回去了。十年的時空突然倒轉，十年的奮鬥付之東流。僅僅是兩三個小時之前，那個光彩照人的新女性許嘉麗，現在想起來就像一場夢。

嘉麗突然很傷心，她扶著牆壁，跌跌撞撞地走到客廳的沙發前，歪在了上面。她打量著這偌大空間裡的一切：燈飾，精巧的吧檯。巨大的投影電視。樓梯的玻璃踏板。落地窗外一片綠色的草坪，鄰居的小孩子和一隻狗。一只皮球滾到草坪上，一束陽光跟著它們跑。

她認真地看著這些，彷彿有一天會失去它們；這本屬於她的一切，她要把它們全記在心裡。

嘉麗就這樣走出了家門，一步一回首的，她先是把車開到市區的某個地下停車場。走出來的時候，已是黃昏時分，街上有夕陽的影子；正是下班高峰，許多人像樹葉一樣紛至沓來，嘉麗立在路邊呆了呆，一時竟無所適從。

就在這時，她看見一個男人從街對面走過來，此人叫李明亮，某證券公司的老總。兩年前，因涉及一起證券糾紛和嘉麗有過短暫的接觸，後來，嘉麗幫他贏了這場官司，從此便有了些交往。看得出，他對她似乎有點情意，偶爾會打個電話致一聲問候，前不久，他還請她喝過一次下午茶，兩人曖曖昧昧的，即便談的僅僅是工作的一些事。

嘉麗沒想到，她出門第一天就遇見熟人！現在，他朝她走過來了，他似乎看見她了……嘉麗驚恐地立在路邊，根根汗毛直豎。她的第一個念頭，就是轉過身去，發足狂奔，她要避開所有人，認識的，不認識的……嘉麗突然聽他「咦」了一聲，一抬頭，他已站到她面前。

她一下子屏住了呼吸。兩人都疑惑地看了對方一眼，他不介意地笑笑，說，認錯人了。

是的，認錯人了。嘉麗的身體一陣發軟，她把手搭在電線杆上。他走了。現在她知道，再也不會有人認出她了，她的朋友，親人……總有一天，他們都會唾棄她。

現在，她要迫不及待地去見一個人，只有他能認出她，哪怕她老了，醜了，衣衫襤褸，淪為乞丐。——只有他會相信她：只要她站在他面前，哪怕不說一句話，他就知道：她是她。

❶意指打扮。

她猶猶疑疑地去坐一輛公車（真的，她竟沒想起搭計程車），一路上，她低著頭，就像做賊一樣，小心謹慎地看著周圍的行人，每個人都很匆忙，冷漠地走著路。嘉麗第一次以異樣的眼光來看著她周遭的世界：那些西裝革履的男子，以及剛從辦公室出來的濃妝淡抹的小姐……若在平時，他們必互相打量一眼，每人心中一桿秤，秤出對方的容貌，身分，地位，年薪……可是今天，任她怎樣看，他們絕不回敬她。

嘉麗突然氣怯，她遠遠地站在一邊。他們瞧不起她，瞧不起窮人。她心中不由得一陣嫉恨，他們憑什麼？誰給了他們這樣的權利？這些大公司裡的小職員，他們站在公車站牌底下，旁若無人，氣定神閒……她，她感到豔羨。偶爾，她眼睛的餘光會偷偷地掃上他們一眼，即便此時，她還不能忘記自己的身分，朝心中吐了一口唾沫說：就你們！平時來巴結我的可都是你們的老闆！

車來了，她混在人群中，幾乎腳不沾地的被送上車去。車廂裡有一股汗餿味，這是嘉麗多麼熟悉的氣味呵，她騰出一隻手來，急忙摀住嘴巴，一陣嘔吐從胸腔裡被送上來。這擁擠在一起的無數張的臉孔，黃色的，緊張的，扭曲的……嘉麗看著它們，熱愛它們，這是她過去生活的一部分，而現在，她離它們遠了。只有她自己知道，這些年來，她過著怎樣的墮落生活，她背叛了她的貧困，也背叛了她的人群。

她身子前傾，手越過無數的人頭，直塞進吊環裡；因為激動，她的臉脹得通紅；售票員用揚聲器一遍遍地喊：上車請買票，下站安華里，上車請買票。嘉麗把身子往人群裡鑽了鑽，不聲不響地宣布了她的逃票計劃。

是的，她要逃票。一塊錢對她來說不算什麼，可是對一個窮人，它意味著一碗鮮肉小餛飩，三塊燒餅，去理髮店裡剪一次頭髮；如果能接二連三地逃票，意味著能買一雙球鞋，花花綠綠的汗衫和短褲……對她，它意味著一種全新的生活。

嘉麗從未逃過票，現在她站在人群裡，一雙警惕的耳朵很注意聽四周的動靜；她把身子稍稍弓著，想想不妥，重新直起腰板來，若無其事地眯縫著眼睛，看車窗外的街景。公車徐徐前行，它拐了個彎，趁這間隙，嘉麗輕輕喘了口氣，不由得想：這趟汽車將把她的生活帶往哪裡呢？

汽車停下了，嘉麗跟著一部分乘客往外走；售票員正在檢票，她的頭就像撥浪鼓，前門後門，左一下右一下。嘉麗是從後門下的車，連她自己都不防備，就在售票員把頭轉向前門的那一瞬，她一下子撥開人群，兔子一樣竄下車，沿著街巷一路狂奔；很多人停下腳步，吃驚地看著她，嘉麗不在乎，因為她知道，她的黑夜降臨了。

三

嘉麗風塵僕僕地趕到科長下榻的賓館，已經晚了一個多小時。穿灰制服的服務生站在大堂門口，他稍稍彎下身子，一隻手背在身後，另一隻手為一個行將走下計程車的乘客拉開車門。也不知出於怎樣的奇怪心理，嘉麗看了他一眼，他也看了嘉麗一眼；嘉麗討好地朝他笑笑，正待往裡走的時候，他叫住了她。

這是一個二十歲左右的相貌堂堂的小夥子，他先是打量她一眼，年輕的臉上有狐疑但克制的神情，他問她去哪裡；嘉麗愣了一下，臉刷地脹紅了。噢，這裡不是她來的地方！她不理他，逕自往裡走。他突然伸手一攔，擋住了她，平靜而冷漠地說，請問你找哪位客人？嘉麗突然被激怒了。她挑了挑眉毛，盯著他看了半晌才道：你說呢？

他低了低眼瞼，雙手下垂，訓練有素地說，我不知道。

你不知道你問什麼？嘉麗的聲音突然高了八度，大堂裡有很多人朝她看過來。一個看上去像大堂經理的先生匆匆趕過來，問發生了什麼事。

嘉麗突然哭了。這一天她的生活到底發生了什麼？她怎麼了？經理和服務生耳語了一陣，然後搓搓手陪笑道，對不起小姐，剛才發生了一點誤會——

誤會？嘉麗一下子炸了，這幫勢利的、唯利是圖的小人！她指著大堂裡來來往往的顧客說，你們為什麼不對他們誤會？撒泡尿照照自己的影子，你們敢嗎？我要投訴你們，王八蛋，等著瞧吧，我是律師——她突然噤了聲。她在說什麼！天哪，她是律師？

人群裡有人捣著嘴在笑，嘉麗這才發現她的身邊三三兩兩地站了一些人：飯店的清潔工，前臺小姐，幾位西裝革履的閒客……大家都在以一種奇怪的眼神看著她，似乎在等她還能編出哪些可笑的話來。兩個身材威猛的保安一左一右把嘉麗夾在當中，他們早就不耐煩了，不時地朝經理遞眼色；如果不是看在這個潑婦說話利索的分上，他們早把她當瘋子抓起來了。

嘉麗開始意識到事態的嚴峻性了，她丟不起這個人。今天她是來會見舊情人的，還有很多重要的事等著她去做……她忍了忍，哽咽著跟經理說出了科長的名字，在哪個房間。

嘉麗像影子一樣，搖搖晃晃地向電梯走去，她把頭貼在電梯冰冷的壁板上；在電梯門行將關上的時候，她和目送她的人群敵意地對視著。她恨他們。嘉麗閉上了眼睛，一行清淚從她的睫毛下面滾落下來，流經鼻凹，淌到嘴裡。現在，她明確地知道，她恨這個世界，恨所有人。

科長老了。他打開門笑吟吟地站在她面前的那一瞬間，嘉麗一陣灰心。她早該知道他老了，有好幾次，她甚至把他想像成一個白髮老翁，拄著拐杖，佝僂著腰；然而他絕無這樣不堪。一個四十六歲的男子，老得很恰當；他皮膚鬆弛，眼袋下垂，而且也胖了。嘉麗不由得感歎時間不公，造物是件奇怪的事，十年光陰就把一個男人弄成這樣子！原來的風流倜儻哪去了？

他穿著一身藏青西服，把手放在門把上；十年的相思彷彿全集中到那一刻他的凝視裡了。他吐了一口氣，輕輕喚了聲「嘉麗」。

嘉麗有點不好意思，側著身走進房間裡。現在，他就坐在她的對面，有很長的一段時間，兩人都不能開口說什麼，他們甚至不敢看對方一眼。是啊，十年……什麼都毀了：容顏，愛情，生活。嘉麗一陣恍惚，不能相信他們已經認識了十年！而她這十年是怎麼過來的？她搖了搖頭，竟什麼也想不起了。

他把手從桌子對面伸過來，嘉麗握住了它。他一用力，嘉麗就把頭磕在他的手腕上，身子不由自主地側傾，繞過圓桌，一下子跪在他面前。

他把手插進嘉麗的頭髮裡，一下一下的，一邊問，嘉麗，這些年你還好嗎？

嘉麗的鼻子突然要發酸，幾乎落淚。

他俯下身，把臉貼著嘉麗的頭髮。他從椅子上滑下來了，抱住了嘉麗。

嘉麗把頭藏在他的胸脯裡，就在這時她聞到了他身上的一股氣味，這氣味從他的V字領的羊毛衫的領口散發出來，嘉麗嗅得出來，這氣味在他的身體裡，四肢，胸脯，鼻息裡，這是衰老的氣味，俗稱「老人味」的。

一個四十六歲的男子，這氣味來得早了些；嘉麗皺了皺眉頭，心裡一陣厭惡。她迅速看了他一眼，覺得和他上床是件不能忍受的事。

現在，嘉麗開始說話了，這才是她此行的真正目的。為了消除因激動帶來的緊張感，她先做了兩次深呼吸。她跟他說，這十年她過得……挺不容易的。她的語調平靜而憂傷，像沉浸在一件久遠的往事裡，很認命。

十年前，她被分配到一家國營企業的法律部門，丈夫是同廠的一個工會幹部。那時候，「國企」的效益已經很不好了，兩人一商量，決定由他下海開一家花木公司，錢沒掙幾個，女人倒賺了不少。後來就離婚了。兩年前，她所在的工廠也宣布倒閉了，所以她現在是一個無業遊民，換句話說，是一個下崗女工。

說到「下崗女工」時，嘉麗頓了一下，她按了按胸脯，她看到她的情緒已經開始飛揚了，不受控制了。

在她說話的時候，科長偶爾會打斷她，問她一些細節。嘉麗不缺細節，她以她那慣常的、沒有表情而呆板的臉對著科長，繼續說著她那莫須有的往事。偶爾她會看他一眼，她的眼睛直愣愣的，有時也會眨一眨。

科長坐在床邊的地毯上，托著腮，神色沉重。他在認真聽。他說，嘉麗。

嘉麗應了一聲，抬頭看他。

他猶豫了一下，到底還是問了：他是怎樣的一個人？

嘉麗猜度他的心思：在這個問題上他不願停留太久；兩個有外遇的男人，兩種結局，他不能把自己逼到一個尷尬的位子上。好在嘉麗對離婚也不甚感興趣，她搖了搖頭，表示不願談她的前夫，又繼續她那窮困潦倒的生活話題了。

嘉麗只對這個感興趣，一說起窮，她能激動得渾身輕顫，她的眼睛會發出神采，她的呼吸意外地急促，以至於有時不得不停下來，大聲地咳嗽兩聲。她做過家教，在私人公司當過法律顧問，被人炒過魷魚，最困難的日子，她坐不起公車，手裡只剩下三毛錢了，不得不打電話向一個朋友求救……原以為大學四年，她會苦盡甘來，可是誰能想到呢？

她深深地吸了口氣，不能再說下去了。她把自己描述得如此不堪，她傷了她的心。科長上前摟住她，囁嚅了半天，想不出一句安慰的話來。隔了很久，他才說，嘉麗，你怎麼會這樣？——怎麼會這樣？嘉麗看著這張臉，直到它在她的眼前完整地呈現……她撲在他的肩上，發出了這三十年來最撕心裂肺的一聲哭喊。

他領她去樓下找一家小飯店，吃飯的時候，他不太說什麼，一個勁地往她碗裡挾菜，說，這是豬肝，你多吃點，很補的。

嘉麗簡直感激涕零。這個世界上，不會再有像他這樣的好人了，他瞧得起她，他愛她。有一瞬間，嘉麗甚至想重新戀愛了。十年前的一切，她準備既往不咎。她恨他是沒道理的，縱使他在她身上花過一些銀錢，可是哪個戀愛中的男子不在女人身上花銀錢？這是天經地義的事。她不該拘這個心，她太小氣了。從前，到底因為窮，她見不得錢。上次他在小旅館塞給她的三百塊錢，她一直留著沒用，太有紀念意義了，像是她的「賣身錢」。

兩人喝了點酒，回到房間來。嘉麗覺得自己是醉了，利索地脫掉毛衣，躺到了床上，拿眼睛看著他。她以為他會奔過來，然而沒有。他篤定地坐在窗邊的椅子上，把身體沉沉地陷了進去，架著腿在抽菸。

他似乎在想些什麼，燈影下臉紅撲撲的。他突然抬頭看了嘉麗一眼，嘉麗一激靈，他幽暗的眼睛裡有什麼東西是意味深長的。隔了一會兒，他掐滅了菸，走到她床邊坐下來，搭訕了一些別的事。後來，裝作不介意地問，嘉麗，這些年你是靠什麼生活的？

嘉麗不防他會問這個，想了想笑道，還能靠什麼？打零工，靠朋友的接濟，偶爾也借點錢。

他噢了一聲笑道，靠朋友的接濟？男朋友還是女朋友？

嘉麗一下子坐起來，認真地看了他半晌，方才笑道，當然是男朋友。

他哈哈笑了兩聲，表示並不在乎，錯錯牙齒說，多嗎？

嘉麗再是涵養好，也忍不住了。她跳下床來，穿起衣服就要走人。他慌忙攔住她，把她抱緊，說道，嘉麗，你聽我解釋——

嘉麗推開他，後退幾步倚到書桌上。現在，她再也無須傷心了，今天她哭過多少回了？失望過多少次？被多少人欺侮歧視過？一切都過去了。

她喚了一聲他的名字，跟他說，你不用害怕，我身上沒有髒病，但是我沒有衛生證明，信不信由你。

他坐在床頭，很是發窘，兀自拿手拭拭額角說，嘉麗，你誤會了，我只是開開玩笑。

嘉麗居高臨下地看著這個男人，她想啐他。他不是壞人，可是他齷齪，懦弱，無聊。嘉麗說，你有髒病嗎？

他吃驚地看著她，搖了搖頭。現在，一件事情擺到了他們面前，兩個人都心照不宣：這些年來，他以為她在賣淫；今晚她準備向他賣淫。

嘉麗轉身向洗手間走去，關上門。賣淫的事是在一瞬間決定的，來得太突然了，腦子有點悶。她對著鏡子照了照自己的臉。這一看，連她自己都大失所望。她看到自己老了，她本來就中等姿色，穿著一身農民上進城的衣服，完全塌相了。十年前，他看中她不過是因為她年輕，現在呢？她這才想起剛才在門口的第一次相見，雖是極力掩飾著，她也看出他的失望之情。

嘉麗反手撐在臺而上，一用力，身體坐到了上面。現在，她什麼都想起來了。在她痛陳革命家史時，他的奇怪曖昧的神色，把眼睛向上抬一抬，似乎在想些什麼。他想的是錢。——想著他應該給她多少錢，才算恰當。

他鄙視她，恨她：十年了，他想像中的許嘉麗是光彩照人的，他願意看到她事業有成，家庭幸福。他來看她，或許是念舊情，然而更多的還是找樂子——有幾個男人是為了女人的落魄來看她的？他願意她陪他去公園裡走一走，茶館裡坐一坐，說點私密話；如果有可能的話，上床睡一覺那是再好不過了。然而這一天，一切都垮了，她毀了他十年的夢。他最看不上的還是她說話時的下流態度，他為她感到難堪，他感到了惘惘的威脅：她在威逼他拿錢。

隔了很久，嘉麗才回到房間來，兩人又閒閒地說了一會話。現在，最讓他們難堪的恐怕就是一個錢字，迄今為止，這個字還沒拿到桌面上來談過；這個字就在他們中間，說話的時候它在話的背後，不說話的時候它就說話……它隱隱地在著，到處都是，一觸即發。

有一瞬間，嘉麗開始於心不忍，她甚至想掉頭走開，回家睡一覺，第二天衣冠楚楚地去上班。呵，這噩夢般的一切讓它結束吧，就當什麼也沒發生過。她今天一定是瘋了！她為什麼要扮成這樣，看著人群在她面前出醜，看著自己在人群裡出醜……她為什麼非要捅破它？

科長咳嗽了一聲，開始說話了。他抖了抖嘴唇，雖是經過深思熟慮的，但話到嘴邊，還是哆嗦了一下。他老實告訴她，他沒帶多少錢，這幾天又花了不少，所以身上所剩無幾了。

嘉麗看著他，輕聲地問了一句：剩下多少？

他皺了皺眉頭，不能掩飾一臉的吃驚，問道：你要多少？

嘉麗說，你說呢？

他說，我不知道。

嘉麗說，你嫖過嗎？

他搖了搖頭。

嘉麗譏笑了一聲，說道，你真是正派人。

他冷冷地看了嘉麗一眼，說，我不喜歡嫖。

嘉麗說，是啊，嫖要花錢的，而你捨不得花錢。

他一下子憤怒了，把一張鐵青的臉堵到嘉麗的臉上看了很久，說道，可是我在你身上花過錢，你別忘了——他用力地揚了兩下手：我不欠你的。

嘉麗不說話，自顧自脫掉衣服，鑽進被子裡。夜深了，窗外的市聲漸漸地息去，偶能聽見路邊賣餛飩的一聲清揚的吆喝，餘音縹緲，也漸漸地息去。

半夜裡，他爬到她的床上來，黑暗裡嘉麗只是睜著眼睛，腦子裡一片混沌，她覺得自己太累了，所以又閉上了眼睛。第二天清晨他就走了，嘉麗一宿未眠，只裝作假寐。他撞上門的那一瞬間，嘉麗起身查看他是否留下了錢，然而沒有。嘉麗也沒去追，大概他以為這一趟不值得付錢吧？或是他一生中最羞恥的經驗？

現在，嘉麗一個人在街道上走著，天漸漸亮了，路上的行人也多了起來。一陣風吹過，嘉麗裹緊她那身破衣爛衫，像狗一樣抖了抖身體。她上了一座天橋，早起的乞丐披著一件破風衣，蹲在天橋的欄杆旁等候客人，他冷漠地看了嘉麗一眼，聳聳鼻子，像是對她不感興趣的樣子，又低頭想自己的心事去了。

嘉麗扶著欄杆站著，天橋底下已是車來人往，她出神地看著它們，把身子垂下去，只是看著他們。

石頭的暑假

二十年前，石頭還是我們這條街上最俊朗的男孩子。問問我們這裡的街坊鄰居，誰不記得當年的石頭啊？那個白皙頎長的少年，又安靜又靦腆，他挎著黃書包，騎著自行車從街巷間趟過的樣子，至今還浮現在我們的眼前。

鄰居的阿姨大媽們都說，一個暑假過去了，石頭就長高了，出挑成一個帥小夥子了。可不是，這一眨眼，石頭就十七歲了，我們這些隨他一起耍大的小姑娘，有一天突然不敢看他了，害臊了，臉紅了，也不和他說話了。

石頭看見我們，也會臉紅的。他朝我們笑一下，輕輕側過頭去……石頭媽說，你看我們家石頭，成天跟大姑娘似的，也不曉得叫人了。我媽說，是啊，我們家嘉麗也是這樣，這些孩子，人小鬼大呢。

兩個母親站下來說話的時候，我和石頭打一個照面，就各自回家了。我媽是很喜歡石頭的，也許，她私下裡是盼著石頭將來能成為她的女婿呢。

石頭和我們街上別的男孩子都不同，石頭規矩，有教養。他在重點中學讀高一，成績嘛，總算還可以。石頭的父親李叔叔說，石頭就是有點悶，眼看就要考大學了，還整天記日記，你說多浪費時間啊，大人都急死了。

我媽說，日記上都寫什麼了？

李叔叔「嗨」一聲道，還能寫什麼呢？不過就是憂愁呀，人生呀，我看都不要看的，做作！我們就都笑了。

我媽說，你不懂，石頭像個詩人。

李叔叔常來我們家，找我父親下棋，幾盤棋下來，他就點上一支菸，「石頭石頭」的掛在嘴邊。他是既驕傲，又焦慮的。他常說，這一代的孩子啊，接著就叨嘮起當年他在山西當兵，冰天雪地的，還要到山地裡鋪鐵路。——怎麼個苦法，嘉麗你知道嗎？有人再沒出過山，死在那兒了；雷管剛拿出來，全凍裂了……我告訴你嘉麗，那時候，你李叔叔可想不起命運、人生這些字眼來，我嘛——他站起來，在院子裡踱上兩步，笑道，淨想著你張阿姨了，想著我要是能活著出去，就和她結婚，生個像模像樣的兒子出來，取名叫石頭。石頭再生兒子，就叫石子。

說到這兒，李叔叔笑嘻嘻地看了我一眼。

李叔叔是個風趣人物，他常拿我打趣，說將來要找一個像嘉麗這樣的兒媳婦，而我父母竟是一點都不惱的。我尤其記得夏天的傍晚，他坐在我家的院子裡，說起兒子時眉飛色舞的樣子。石頭這個詞由他嘴裡蹦出來，就像在敲鼓點，又響亮，又有節奏，石頭，石頭，石頭。他又是個不停嘴的人，一說能說幾個小時，而我們是怎麼也聽不夠、聽不厭的。

暑假將近末梢，八月底的一天，我們對過的一戶人家來了一個小親戚。小姑娘大約八、九歲吧，也是本城人，她因父母出差，便被送到這戶姓王的表叔家裡，暫住幾天。

我還能記得那天，她由母親領著走進我們的街巷裡。她穿著天藍色的泡泡袖連衣裙，一雙大大的眼睛，在太陽底下瞇縫著，既安靜又靈活。她是黃黃的小鬈毛兒，額頭上有兩個旋兒，一左一右紮著抓髻，像羚羊的角。後來我們知道，這個像精靈一樣的小人兒，她叫夏雪，在實驗小學念一年級。

起先，她是很認生的，她一隻手拎著個小包裹，另一隻手攥在她母親的手心裡，抵死不肯進親戚家的門。她母親笑道，這又怎麼了？不是說好了嗎？你自己興興頭頭要來的！待她母親要走了，她站在門框裡，眼淚汪汪地說，媽媽，你說過兩天以後來接我的。她媽媽說，你要聽話，我去上海給你買裙子和皮鞋。她這才收住眼淚說道，皮鞋我要紅色的，裙子是白色的。她媽媽笑道，都說過一千遍了！她嬸嬸彎腰跟她說道，你先住著吧，我們這條街上小姑娘可多啦，過兩天趕你走，你都不想走呢。你不是有個同學叫李清的嗎？喏，就住在斜對面，待會我帶你去找她。

她這才勉強一笑。

小姑娘就這樣走進石頭的家裡，去找他的妹妹李清。我們說，石頭的命運是從這一天開始轉變的，雖然這一天，他也許並沒有遇上她。

兩個小姑娘整天混在一起，我們確實知道，至少在暑假的最後幾天，她們是快樂的。她們在巷子裡瘋跑，玩「捉迷藏」的遊戲。其中一個倚在電線杆後面，閉上眼睛問，好了嗎？那一個說，還沒呢，不准看呵。常常的，我們就聽到她們的尖叫聲，從巷子的某個角落裡傳來，瀰漫在正午的太陽底下。

很多天後，石頭說，他也聽到了類似的尖叫聲，有時是在正午，有時是在晚上，待他從床上爬起來的時候，它就不見了。

真是奇怪，石頭說，它不見了。

它從來是在石頭似睡非睡時響起，迷迷糊糊的像一聲呼哨；他清醒的時候，它就消失了。所以，這究竟是怎樣的一種聲音，石頭是描述不出來的。有時候，他懷疑自己得了幻聽，也不知從哪一天起，石頭突然煩躁了，常常徹夜不眠，為的就是等——也許和我們聽到的並不是同一種尖叫的尖叫聲。有一天下午，石頭去妹妹房間裡找剪刀，推開門的時候，看見兩個小姑娘脫光了衣服，坐在床上玩一種叫作「石房子」的遊戲。

石頭很大方地就進去了，從抽屜裡摸出剪刀，側頭看她們一眼，笑道，你們兩個，怎麼不講文明啊？石頭根本沒在乎她們，整一個夏天，都是由他為妹妹洗澡，他摸著她的小胸脯，常常開玩笑說，一把瘦骨頭。床上坐的另一位卻是胖的，然而跟她的胖並沒有關係，石頭緊張了，那是因為她緊張了。

自始至終，她用一雙驚恐的大眼睛瞪著石頭，一邊拿裙子遮住了身體，這動作是連貫的，迅速的，很像個成人。石頭覺得很有意思。一個八歲的小女孩，皮膚是粉紅色的，肉乎乎的四肢和手腳，她把膝蓋支起來，擋住了胸口，雙手把肩膀緊緊摟住……就這麼蜷縮在床角，往後退，往後退。石頭也呆了，他從未見過這樣的陣勢，一個八歲的小女人。

後來，她的裙子滑下去了，她放下手臂去撿裙子，石頭就看見了她的小乳頭，還來不及腫起來，往裡癟。石頭聽見自己的聲音軟弱而輕飄，像來自遠方，像經歷了一場大汗淋漓，他說，你們把衣服穿起來吧。他轉過身去，把門關上了，他感到自己很昏沉。

我們小街上的第一場強姦案就發生在兩天以後。石頭終於聽到了他找尋已久的尖叫聲，那是由他自己發出來的，在他的身體裡藏了很久，折磨得他快要發瘋了。石頭不承認自己是強姦，然而那天上午，他把妹妹支走了，屋子裡只剩下他和那個小女孩，他把她抱在懷裡……竟哭了。他知道在這間屋子裡，此時此刻，發生了一件事情，他已大禍臨頭。

石頭覺得冤屈。

他回憶說，從見她第一面起，他就喜歡上了她。這是他的第一次……看著一個女孩子坐在他家的院子裡，葡萄架下她抬起長睫毛的眼睛，陽光在她的臉上忽閃忽閃的。她的胳膊裡夾著一個布娃娃，他看著她給布娃娃把屎把尿，哄它睡覺，又掀起衣服給它餵奶。她餵奶的樣子真是迷人極了，微微低著眼瞼，嘴唇一張一合的。石頭說，他從來沒把她當作八歲，在他看來，她是個比他更年長的女子，十八歲，二十歲，她像的。

她比我們街上任何一個少女都像少女。——石頭這句話，傷了我們街上的所有女孩，尤其是女孩的母親們。我媽就說，她怎麼就像少女了?少女就得遭強姦啊？總之，這是個奇怪的混合體，她時而矯揉造作，時而落落大方，她看人的眼神是直接、清澈的，有時也曲折。石頭忘不了那一雙天使的眼睛，純潔，坦蕩，看上去什麼都明白……她的鼻翼上有人的汗珠。

她叫他好看的石頭哥哥，有時她會親他，央求他給她買一根冰棍。她也會撒嬌，她是對誰都要撒嬌的，扭一下小身子，傷心的時候淚水就汪在眼裡。她讓石頭背著她，身體吊在石頭的脖子上，嘴唇咬在他的耳邊，撇李清的口氣說道，李石，李石。後來，我們街上的人都說，這是個小尤物，雖然她什麼也不懂……這事怪不得石頭。

那天上午，一聲尖叫刺破了小街的上空，直到二十年後，這尖叫還迴盪在我們的耳膜，讓我們想起久遠的一段往事，那發生在十七歲的少年和八歲女孩之間的一場「友情」：那於他們都是新鮮的，第一次……兩人都很害怕。他央求她別把這事告訴給別人，她答應了，她求他帶她去看一場電影，他也答應了。她漸漸感到疼了，石頭的最後一個暑假就結束了。

石頭被判了兩年。

女孩的父親是刑警隊隊長，他是在外地執行任務時聽說這件事的，一個七尺男兒當即蹲在地上痛哭，他拿拳頭砸地，水泥板上血肉模糊。後來，他拔出槍來，朝幽暗的星空連放了數槍。他是當夜趕回來的，到我們街上接他的女兒。女兒蜷縮在嬸嬸懷裡，天已經很晚了，她真的睏了，就要睡了。一屋子的人卻圍住她，輕聲地說著，側過頭去抹眼淚。

父親抱住女兒慟哭，女兒也哭，大呼小叫的。我們街上的人都說，究竟為什麼要哭，她自己其實是不知道的。

父親來到石頭家裡，在屋子裡站了會兒，他的牙齒都在發抖。他畢竟是刑警出身，並未做出什麼過急之舉，臨走的時候只丟下一句話說，我會讓你賠命的。

這是真的，石頭差點就送了命，雖然他只有十七歲；石頭家為此付出了慘重的代價，他們甚至越級到了省城——李叔叔是供電局局長，是能通上很多關係的。反正至少在半年裡，這件事是我們小城的頭等大事，被大家議論得沸沸揚揚。當事的兩個男女主人公，也成為我們這裡的名人。

我們街上的人都在歎息，石頭毀了。

不可避免的，我們眼前就常浮現出一個玉樹臨風的少年，他優雅懂禮，有著青瓷一樣秀美的五官和膚色，他笑起來是不出聲的，白牙齒微微地露出來。再有一學年，他就要考大學了，老師們都說，誰能想到石頭會出這種事呢？這孩子老實，成績又好，不知有多少女生暗戀他，往他書裡夾紙條，他一概不理的。每年暑假後開學，總有幾個學生來不了的，他們或是病死的，或是游泳淹死的，李石是強姦的。

那個女主角呢，聽說被送到外地的舅舅家裡，每天上學由外公外婆接送，只在過年的時候才被悄悄地送回來。全族的人都在為她製造一個安全的氛圍，讓她忘掉往事，忘掉這個小城，某一年夏天，那條小街……就像一切都沒有發生過。

城裡有個「智多星」說，其實大可不必，既然事情已經做了，兩個孩子也都廢了，那兩家更應化干戈為玉帛，不如結成親家，橫豎石頭再等幾年，等她長大了，倒真是一對璧人呢。

不過這話也就私下裡瞎說說，傳了一陣，就沒人提起了。

石頭放出來的時候，我們已差不多忘了他。兩年，我們這撥孩子的個子又長高了一點點，有了新的朋友、知識和思想。有一天，我就看見了他，他一個人在路邊走著，他的身後，是我們生長於斯的嘈雜的街巷，來來往往的下班的人群，整個龐大的夏日的蟬鳴，夕陽的光輝一點點地掉下去了。

我看見了一個青年，他趿著拖鞋，穿著白襯衫和肥大的黃軍褲，他似乎瘦了點，鼻梁上架著副眼鏡，神情沉著而硬朗。而且，他抽菸了，他一隻手抄在褲兜裡，一隻手夾著菸，偶爾手臂輕輕一抬，從鼻孔裡冒出白色的氣霧來。我看見了他那青梗梗的下巴，青梗梗的，他十九歲了，到了該用剃鬚刀的年紀了。

說不清楚我是以怎樣的眼光來看石頭的，他也看見我了，朝我大方地點點頭，笑笑，我也笑笑。非常奇怪的，原來存在於我們之間的那種緊張微妙的東西不見了，我傷心地發現，從前那個青澀的石頭不在了，他長大了，看見任何一個姑娘，再也不會害臊臉紅了。

我媽說，你要當心石頭，晚上最好別一個人出門——我們街上，所有的母親都是這樣告誡女兒的。可是我想，石頭對我們是不會有興趣的，不管醜的還是美的，因為我們不是夏雪——那個八歲的「少女」；因為，他亦不是他了。那天晚上，我一個人坐在屋子裡哭了很久。

時間不斷地流淌，清新，永恆。等我長到了石頭的十七歲，也讀高一的時候，石頭已是一個三歲男孩的父親了。他很早就結了婚，娶了一個樸實能幹的鄉下姑娘，聽說感情還不錯。李叔叔又託關係為他在醫藥公司謀了一份職，這些年來，石頭過得還湊合，他健康，平安，矜持。而且他胖了，也沒有到癡肥的地步，不過，從前秀弱的體態確實不見了。他也很少出門，只偶爾，我們會在街上看見他，他騎著自行車，前槓上放著兒子，有時他會俯下身來聽兒子說話，夕陽迎面照過來，他微微瞇著眼睛，身後的影子拖得很長。

我們都說，石頭是善始善終。他心中的熊睡著了。

要不是今年秋天發生的一件事，石頭也許就這樣過著平庸的生活，一年年的，看著自己的軀體在腐壞，衰老……靜靜老死於街巷；他將和我們一樣，成為一介良民，一生碌碌無為，心力越來越麻木。二十年過去了，我們這些當年一起長大的孩子，都已步入而立之年。李叔叔也退休了，這年秋天他得了中風，被送進了醫院。

是啊，這事說出來誰會相信呢，就在這所醫院裡，石頭又遇見了夏雪。這些年來，我們城裡也算發生過一些稀奇古怪的事，可是都不及這對男女……長輩們說，瘋了，這事蹊蹺了，天上的哪顆星要掉了。也有人說，這就是命吧，二十年前的孽債還沒盡，他們不安生呢！當年發表預言的那個智多星還活著，他聽了，愣了半晌歎道，這兩個可憐的孩子，當年要是聽我的話結了婚，也不至於此。

總之，事情確實發生了。兩個歷盡滄桑的人，共同經歷了少年時期的一段往事，他們已認不出對方了。他們的容顏都有了很大的改變，女方隱姓埋名，她從八歲起就被送離了自己的小城，就像做賊一樣，後來幾經輾轉，嫁給了一個轉業軍人，三年前離婚了。這年秋天，她回家來休年假，順便陪陪父母，跟外人就說，這是她的姑父姑母。

這天傍晚，大約五、六點鐘的光景吧，她來醫院找「姑母」。她姑母是醫生，正在病房裡值班，不能陪她，她就一個人出來轉轉。門診部的左側有一條僻靜的甬道，參天的樹木底下擺著一排排綠長椅，她先是在長椅上坐了會兒，大約是百無聊賴了，就沿著甬道走。她把手抄在風衣的口袋裡，低頭看自己的腳，偶爾她也抬起頭來，秋天的陽光從樹葉的深處漏下來，像雨點一樣砸進她的眼睛裡，她站了會兒，閉了閉眼睛。

這時候，她感覺身邊有一個男人迎面走過去，是個中年人，她也沒在意。這天下午，總有一些人走在這條甬道上，和她擦肩而過。這個人也是。他們各自瞥了對方一眼，似乎都愣了一下。後來她說，她只是覺得這個人有點面熟，好像在哪見過，卻怎麼也想不起來了。那擦肩而過的一瞬間，好像是漫長了些，有意轉過身去看吧，又覺得沒必要。總之，是頓了頓腳步，心思微微動了一下，就各自走開了。

後來，她又看見了這個人，在甬道的盡頭，朝她這邊看過來。他在看她，卻裝著在看別人……他穿著高領線衣，牛仔褲，棕色皮鞋。微風之中，頭髮有點亂了。他看上去並不老，雖然也有小腹，眼袋，皺紋……是個體面男子，沒什麼特徵。想來，他不過和這城裡的大部分中年人一樣，過著安靜優越的生活，身體一天天地沉了下去。

然而這一天，他遇見了一個女人。這女人並不美，高，出奇的瘦，石頭的心竟一凜。石頭後來說，這些年來，他一直在等一個女人，他不知道她長什麼樣子，身在何方，可是他總在設想一幕情景，設想他和她見面了，他的身體因此而抽得緊，他的手心裡攥著汗，他的呼吸裡能聽到隱隱的尖叫聲。

這尖叫已經久違二十年了，石頭說，他差不多已經忘了，可是又常常想起，尤其在夜深人靜的時候，他睡不著覺，就會坐到院子裡，或者摸黑走到妹妹的房間裡，妹妹出嫁後，這房間就空著，他沿著床沿滑到地上，連他自己都不知曉，淚水就汪在眼裡。

有時他也不哭，僅是乾巴巴地坐著，耳邊就會響起那風嘯一樣的聲音，在很多年前的烈日底下，像幽靈一樣地刮過來。那是像呼哨的，像人的喘息，刀子一樣的聲音，刺進了他的身體裡。他的眼前就會浮現出那個八歲小姑娘的身體，胖乎乎的，粉紅色的……石頭一下子把燈打開，雙臂搭在床沿上，拿手撣了撣床單。

石頭決定朝女人走去，現在，他還不清楚自己想幹什麼，他有點害羞，身體在輕微的發抖。後來，他站到了她面前，她便抬了抬眼睛。

石頭低了低眼瞼，把兩隻手團著，按得指節骨直響。他笑道，你也是來看病人？

她睃了他一眼，鄭重說道，我在等一個親戚。

石頭抿了抿嘴唇說，聽口音不是本地人？

她點點頭。

哪裡人？石頭問。

她笑了起來，擺出一副寬恕的、什麼都明白的樣子，石頭的臉便刷的紅了。他搓搓手，囁嚅著說道，你別誤會，我不是那個意思……他說不下去了，心有點疼。她以為他是誰？想幹什麼？他近乎惱怒了。二十年了，沒有人知道他這二十年是怎麼過來的，如行屍走肉一般，他早就死了。他的心裡爬滿了無數羞辱的蟲子，每個蟲子都在跟他說強姦兩個字……石頭的身體抖了一下。

她抬頭看了他一眼，越發警惕了。自小，她就被告誡不要跟陌生人說話，八歲那年的事，她並不記得很多，記得的就是她曾受過傷害，這傷害很重要，人人都同情她。她處處要做出一副端正的樣子，據說這樣就不會受侵犯，而這些年來，類似的侵犯總有一些……總有一些人會上來跟她搭話，問問她幾點鐘，貴姓，芳齡，家在哪裡，是否需要送送；問問她是否結過婚了，跟她說她很迷人。——無論她怎樣冷淡，這些男人……可是細細琢磨起來，她並不是每次都生氣的。

這一次也是。首先，這男人還不算討厭，他面目溫和，衣著得體，如果他要追求她，又是單身，或許……她會委婉地拒絕他，跟他說她是離過婚的，家又在外地。她對他有點愛理不理的，三句話能接個一句，可是一句話就能讓石頭留下來。

石頭真是不想走，他有點眷戀，也不知為什麼。面前的這個女人……她告訴他，她姓顧，叫顧平平。無緣故的，石頭聽到自己吁了一口氣，他有些失望，彷彿又更加安心。

有好幾次，他想鼓足勇氣跟她說說他自己，他從前的一些事……這些事他跟任何人都沒說過，放在心裡，只想哭。他還想說，這些年來，他在等一個人，一個似曾相識的人，哪怕從未見過面，可是打一眼，他就知道他們會很親近，她能理解他，她長得並不美，可是她很迷人。

有一瞬間，石頭覺得自己像是回到了二十年前，那時他還很年輕，才十七歲吧，是個無所事事的少年。他彷彿又聽到了當年在睡夢裡才能聽到的尖叫聲，迷迷糊糊的，正午的太陽底下，有什麼東西被烤焦了，他的心動了一下，他感到害怕。

石頭現在害怕的，是女人的眼神，小心而機警的，戒備的，像兔子一樣忐忑不安。天色漸漸暗下來了，林蔭道上沒什麼人，路燈光從很遠的地方打過來，恍若隔世。他有點看不清楚她了，然而記得的總是她的眼神，那溫綿的，柔軟無骨的，勾魂攝魄的……她的眼神。石頭很沮喪，他得努力控制自己，不讓眼淚落下來。

女人表示要走了，她很慌張，幾乎沒說什麼話，掉頭就走，她的腳步越來越快，幾乎要跑起來了，石頭也跑。他「哎」了一聲，三步兩步就抓住了她的臂膀，那是一個死角，平時很少有人來這裡，而且，它的四周一片黑暗……

我媽說，四周一片黑暗，他追上了她……我一下子失聲尖叫起來。我清楚地記得，那是我的尖叫，很銳利，悽楚，它在二十年前的暑假就發作過，它發作過呀，那高亢的、捉摸不定的呼哨一樣的聲音，曾一直在石頭的耳旁縈繞，只是石頭不知道罷了。

石頭怎會知道呢？石頭！

這麼多年來，我以為自己已經忘了石頭，真的，有多少年了，我不再想起他！可是這年年末，我回小城探親，當我媽說起他的時候，當我看見弟弟的資料袋裡有當事人口述記錄的時候（我弟弟在公安局工作），我淚如雨下。

二十年過去了，我竟然不能忘掉他，他竟然還很愛她。那一刻，我覺得自己異常的委頓，很傷悲。

姊妹

一

我們那地方，向來把父親的兄弟稱作爺，把父親兄弟的配偶稱作娘。比方說，我有一個爺，是我父親的遠房堂兄，行三，所以我們小孩子就叫他三爺了。

我的這個三爺，說起來也是個正派人，他一生勤勤懇懇，為人老實厚道，十八歲就進廠當了檢修工，三十年如一日，到頭來還是個檢修工，帶了幾個徒弟，榮升為師傅而已。他是一九八八年得肺癌死的，才四十八歲，身後留下五個孩子，是兩個女人所生。

這兩個女人，一個姓黃，一個姓溫，現在都還活著，帶著她們各自的兒女分住兩處。我們做小輩的一視同仁，都喚她們三娘。私下裡，則是依著大人的叫法，把她們稱作大房二房，以示區別。

我的三爺並不風流，他只是長得好看而已，他性格又溫和，寫得一手好字，又愛拉個二胡，在我們小城，這樣的人就被視作是多才多藝了，所以招蜂引蝶是難免了。

我的黃姓三娘，也就是大房，長三爺兩歲。他們原是技工學校的同學，早個幾十年，三娘也該是個落落大方的姑娘，她性格開朗，又是班裡的文體委員、團支部書記，說話做事的果斷利索，那實在是在三爺之上的。我們家族的人都很納悶，不知道她怎麼會看上三爺這麼一號人物，蔫兒巴嘰的，我奶奶說，可能是三爺的肉香。

三爺這人有點說不太好，他好像一直在犯迷糊，說他不懂事吧，他又特別省心，從不惹事生非。在廠裡，他工作認真，技術嫻熟，常常被評為先進個人；在家裡，他聽話溫順，除了拉拉二胡，吹吹笛子以外，他幾乎不太出門。他脾氣雖好，人卻有點悶，長輩們都說，他沒什麼上進心；彷彿他做一切事，都是出於盡義務，而不是因為喜好。就連他拉二胡的時候，他也是埋首晃了幾下身子，突然抬起頭來，那臉上竟看不見一點寂寞沉醉的神情，平靜得有如老僧入定。

或許三爺早把一切都看透了，雖然他未經風雨，才二十來歲；或許這本是他的個性。反正他的性格不太像我們這一族的男人，我的祖上曾出過幾個著名的敗家子，狂嫖濫賭，也出過兩三個革命投機分子，到後來居然也都混了一官半職……反正不管爭氣不爭氣，他們個個都野心勃勃，富有幻想朝氣。相比之下，三爺的性格則平庸多了，他讓我們安心，也使我們歎氣。他生得又確實標致，他是細高挑兒，容長臉，淡黃膚色，小時候因為讀書姿勢不好，早早落了個近視，所以戴著眼鏡，很像個知識分子了。

我們合家老小，但凡說到三爺這人，不知為什麼總是要發笑的，就比如說，他很討姑娘喜歡，十三、四歲的時候，就有女同學給他遞紙條約會，他又是那樣好心腸的一個人，所以每次都去了。我的二姑奶奶有一次歡天喜地地說，真沒看出來，她這姪兒竟長得一身騷肉。

三爺「噢」了一聲，茫然地轉過頭來，全家人都笑了，他一臉的懵懵懂懂，樣子很是無辜。三爺對男女之事不怎麼上心，懂總歸也懂一點的。他又是那樣孩子氣的一個人，沒什麼表情，喜歡斜著眼睛看人，對誰他都要搭上一眼，若是看一個姑娘，他先本是無意，再搭一眼，對方或許就有心了，三爺雖然沒什麼表示，心裡則難免有些高興了。

三爺十九歲就結了婚，是三娘把他從一個姑娘那兒搶過來的。三爺想了想，覺得有兩個女人為他爭風吃醋，他心裡也滿受用的。照實說呢，他對三娘也不討厭的。

婚姻這東西其實也沒什麼好說的，總之，三爺過得不錯，他在各方面都得到了妻子的照顧，她愛他，又長他兩歲，她待他就像待一個小孩似的，凡事都哄著他，讓著他。大概三爺自己也覺得，除了床笫之事，妻子和姊妹也沒什麼不同。

他們新婚那陣子最是引人發笑，怎麼說呢，兩人好像都不太知廉恥，有人沒人就往屋裡跑，做長輩的難免會覺著害臊，又擔心三爺的身體，又嫌新娘子太浪。我們小城有一種偏見，就覺得男人浪一浪不妨的，女人浪就不行了。待要提醒他們吧，只見三爺成天跟在老婆身後，涎皮賴臉的，一副饞相。

不得不說，那是三爺一生中最平靜幸福的時光，他們夫妻恩愛，情投意合。三爺破例變成了一個小碎嘴，他是什麼話都要跟妻子說的，比方說，又有哪個女人喜歡他啦，這些事他一概不瞞的，說起來總是要笑的。

三娘說，你怎麼知道的？人家跟你挑明了？

三爺說，噢，這種事還要挑明說的？

三娘說，那你怎麼知道？

三爺「咯」一聲笑了，腳一蹬，拿被子蓋住了臉，只管自己樂了。

三娘看著自己的男人，說不上是憂還是喜。他怎麼就長不大呢，偏又那麼虛榮！她也疑惑著，這人她可能是嫁錯了，他不怎麼有出息；她一顆心全在他身上，只是不安生。

然而謝天謝地，三爺並沒惹出什麼亂子來，至少在結婚的前十一個年頭。照我堂爹爹的話說，不是三爺多有責任心，而是作為一個男人，他那時壓根兒還沒開竅。

三爺成為一個男人的歷史非常漫長，直到他三十一歲那年，遇上一個姑娘為止，這姑娘後來成了我的溫姓三娘。誰也不知道他們是怎麼認識的，無庸置疑，三爺在那一年裡突然茅塞頓開，他心裡第一次有了女人，他知道什麼叫愛了。

三爺知道愛以後，嘴巴就變緊了，在妻子面前什麼話都不說了。他心情好得要命，常常一個人呆坐著，自己都不自覺的，臉上就會放出一種白癡的笑容來，為了掩飾這一點，三爺總是捧著一本小人書，這小人書理該是他十歲的兒子看的。三爺對老婆更加好了，兩年以後，三娘才知道，他這完全是愧疚所致；其實三爺這時候還沒什麼愧疚心，他之所以溫言軟語，手腳勤快，只不過以為做完了他該做的，他就能出去野了。

現在，一切都顛倒過來了，三爺願意把他的心裡話留下來，一股腦兒的全倒給心上人聽。我的溫姓三娘其時二十一歲，還是個大姑娘。我見過她年輕時的一張照片，還真是滿俊俏的，她是典型的那個時代的美女，穿方領小褂，紮一雙麻花辮掛在胸前，五官端正得沒什麼特徵。我估計三爺這輩子對女人的美素無研究，所以他能很快地跳過相貌，一下子就發現這個姓溫的姑娘原來是自己人。

這簡直要了三爺的命，他的愛情甜蜜而憂傷，有時候他都懷疑，自己是不是能同時承擔這兩種南轅北轍的重量，他成天昏昏沉沉的，身子輕得快要飄起來，莫名其妙的，他常常就歎氣了，不管是快樂還是憂傷。很多年後，三爺也承認，這一時期他的感覺就像患了重感冒，或是出了疹子，說這話時，三爺四十二歲，溫姑娘已為他生下一雙兒女，他兩邊疲於奔命，家庭矛盾不斷升級，三爺實在累了，有時也會自嘲，疹子嘛，他說，總歸人人都會出一次的。

有一次，溫姑娘問他，他這一生最想做什麼？

三爺勾著脖子想了半天，甕聲甕氣地說，可能是拉二胡吧。

溫姑娘屈膝抱腿，看著自己的腳面問道，假若有一天你老了，不久於人世了，你最遺憾你沒做什麼？

三爺的心蕩了一下，他突然想起來，自己其實也有夢想，那就是進文工團，或是縣劇團，當一個二胡獨奏員。這夢想隱隱約約的，他從未跟任何人說起過，現在，他跟心愛的姑娘坦白了，聲音很平靜，眼裡卻閃著光。溫姑娘轉過頭來看他，很多年後，當三爺彌留之際，他躺在病床上，心疼的並不是他未能實現的夢想，而是一個姑娘的目光，那樣的安靜堅定，他不禁老淚縱橫，已經完全不計較這姑娘後來給他惹了多大的麻煩。

三爺就是從這一天起，完全變了一個人，他的生活突然有了目標，他專門拜了一個瞎子師傅，一有空就跟他學二胡，回來的時候，整個人也喑啞了，總是在琢磨什麼；他搬來一條板凳坐在院子中央，架著腿端著二胡，有時低頭沉思半天，偶爾一抬頭，眼神炯得像是在冒凶光。長輩們都說，三爺是活回來了，他二十來歲時淡漠得像個老人，他長到三十來歲才長成了一個青年，生機勃勃，胳肢窩裡都能蹦出來幾個欲望。

我那年輕時曾是花花公子的堂爹爹說，這才是我們許家的種。其實三爺在外面有女人的事，我們全族人都知道，只差一個三娘。我們族人都不以為這事有什麼大不了的，男人嘛，總歸要浪一浪的，要不白來這世上走一遭了。

三娘得知家裡出了醜事是在兩年以後，她的第一反應竟不是生氣，而是有那麼一點好奇，她怎麼就沒看出呢，她的男人竟也是個老狐狸——她原以為他沒什麼心計的——活生生把這事在她的眼皮底下瞞了她兩年！她那年三十五歲，已是兩個孩子的母親，成天忙於各種瑣事，老實說一顆心早已不在三爺身上；當時街上又在鬧革命，個個熱血沸騰，三爺成天不歸家，她也只道他是貼標語、當造反派去了；再加上我們族裡有一些十六、七歲的年輕人，對偷雞摸狗的事最是感興趣，所以也常常為三爺遞消息放風。

三娘知道這事以後，也沒怎麼聲張，只在屋裡把個三爺兀自瞅了半天，三爺躺在床上假寐，腦子裡偶爾也會閃過溫姑娘的身影，反正偷情就是這樣，越偷越來勁，怎麼也不會生厭的；他一睜眼，卻看見老婆的一雙眼睛直勾勾地盯著自己，心裡沒來由的一陣不高興，掉了個身，咕噥了一句：神經病。

三娘的心都碎了，她拿手捂住臉，嚶嚶的哭了起來。

三爺呼的一下坐起來，「嘖」了一聲問道，好好的你哭什麼，還讓不讓人睡覺？

三娘再也按捺不住了，一腔怒火並沒有衝著自己的男人，而是跑到院子裡，先把我們族裡那些「拉皮條的」罵了一通，那些狗吃的、不是人養的、混帳王八蛋……她雙手扠腰，聲嘶力竭，越罵越激動，七彎八拐的就帶上了我們的祖宗。可憐我那些老祖宗，躺在墳墓裡也不得安生，直被她罵得狗血噴頭，罵得八輩子都翻不了身。

這次酣罵改變了三娘的一生，在由賢妻良母變成潑婦的過程中，她終於獲得了自由，從此以後她不必再做什麼賢婦了，她算是看透了，她來他們許家十多年了，為他們傳宗接代，為他們養老送終，正兒八經一天福沒享過，結果怎樣呢？三娘突然覺得委屈，她抬頭看了看藍天白雲，知道一個女人活在這世上，什麼都靠不住，丈夫，兒子，愛情，婚姻，有一天都會失去。

三娘呆了呆，同時也不忘把拳頭攥了攥，小小粗糙的肉手心，軟的，溫的，潮濕的，正在發抖，可是這麼一攥倒也攥出了幾許斤重，三娘的後半生就是從這一攥開始的，她獲得了一種絕望的力量，可謂無心插柳。這世上本沒什麼救世主，三娘後來總不忘告訴那些受苦受難的姊妹們，女人天生軟弱，可是軟到極限就會變得強悍無比；假若實在沒什麼招數，三娘言傳身教道，你就大喊大叫，哭哭鬧鬧，反正這事沒什麼道理可講的，拚的就是火力。

三娘說得沒錯。她那天確實嚇倒了我們，驚得我們全家面面相覷；從此以後，這悍婦憑藉一種道德上的優越感，再也沒正眼瞧過我們。那天她罵完以後，擤了一泡鼻涕，啪的一聲甩在地上，拿膀子朝臉上抹了兩抹，就撒潑著、自暴自棄的進屋了。我們族人互相看了看，據三娘後來形容，全族上下竟沒人敢齜個牙，哼兩聲。

三爺躺在床頭，一雙眼睛斜斜地吊起來，一臉的匪夷所思。咦，事情怎麼就傳出去了呢，在他的計劃裡，好像是沒這一天的！看樣子這事有點蘑菇，可是他天生慢性子，從來都臨危不懼，床上有一根不知什麼人的頭髮，他把它撿起來，湊近眼前認真地研究了起來。

三娘說，那女的叫什麼名字？

三爺搭了她一眼，一臉的懵懂無知：什麼女的？

三娘冷笑一聲，把個身體倚著五斗櫥，雙臂交疊放在胸前，一副居高臨下的樣子；雖然妒火折磨得她快要瘋了，可是不知為什麼，她一點都不恨自己的男人。她臉色鐵青，聲音平靜得像是沒有感情。

她又問，她家住哪兒？

三爺鏡片後面的一雙眼睛，突然驚恐得至於呆滯，很多年後，三娘都能記得這眼神，那樣的坦白慌張，他連掩飾都不掩飾！三娘的心一陣徹骨寒冷，他怕什麼？怕她去撒潑鬧事，傷了那女人？她跟他十年夫妻，竟不抵他對那女人的情誼？

三娘拿手掠了掠頭髮，也沒有呼天搶地，只是扶著櫥櫃，想要鎮定一下自己。後來，她沿著櫥櫃往下滑，蹲到了地上。她拿手扶著胸口，她就覺得那兒疼，空蕩蕩的，她要摸摸她的心是不是還在；一顆眼淚落在了二娘的手臂上，這一次她是真正在哭泣，非常的安靜，眼前漆黑一片。

三娘的恨或許就是這時種下的，對象就是「那女人」，——溫姑娘。那麼現在，讓我們來說說仇恨，那發生在兩個女人之間的一段不可理喻的激情，那就像噩夢糾纏了她們幾十年，那於她們就像食物、陽光、空氣和水！凡是涉及到女人的事，總被認為是雞毛蒜皮、不值一提的，我的回答是，這完全是一種偏見。

因為這時我已經五歲了，我得以看到了人世間最殘酷的一場戰爭，雖然只有兩個人，卻不啻於任何一場千軍萬馬的廝殺；偉大的戰爭多源於一些不相干的小事情，裡頭未見得有多少仇恨，可是這場戰爭卻徹頭徹尾充斥著仇恨，那都是鐵錚錚的、伸手可觸的、無邊無際的，兩個女人拚其血本，動用她們一生的力量、智慧、堅忍，她們充分發揚了一不怕苦二不怕死的革命精神，那就是不斷地撩撥對方，不惜自己受傷。

而且，這場因男人而引發的戰爭，到最後變得跟三爺沒關係了，他被排除出局了，兩個女人誰都不樂意帶他玩，所以，戰爭的純粹性就呈現了。

很多年後，溫姑娘也承認，針對她和黃臉婆（也就是我的黃姓三娘）的這場糾葛，她其實是付出了感情的，那是一種比愛更偉大曲折的感情，相較於這樣的感情，異性之愛簡直不足掛齒。在和三爺好了兩年以後，溫姑娘就心灰意冷，她說，愛這東西，還有什麼好說的呢？

是啊，愛確實沒什麼可說的，可是在最初的兩年，他們兩個卻好得如火如荼，尤其是溫姑娘，她是那樣的不管不顧，只把三爺視作她的一塊心頭肉。她那年二十出頭，出身清白人家，雖然沒了爺娘，卻有個長她十來歲的姊姊，嫁給了本城的一戶有威望的人家。那陣子，她姊姊總為她張羅對象，可是溫姑娘卻不太熱心，嫁人對她來說是件不可想像的事，再說，每次相親回來，三爺必得有一場大鬧，他先是問她的對象是不是長得端方，是不是當幹部的，有地位？

溫姑娘禁不起他纏，有一次就說了，是在部隊裡，當連長。

三爺逼尖了嗓子說，八成是老頭子吧，要不人家怎麼會看上你，你長得又不漂亮！

溫姑娘只是抿嘴笑。

三爺拍桌打板，脾氣壞得很哩。他說，你笑什麼笑，你稱心如意了是吧，你一個大姑娘家的，為了嫁人怎麼就連一點自尊都不要？

溫姑娘忍住笑，拉了拉他的手說，吃醋了。

三爺低眉站了一會，走上前去，輕輕地抱住了他的姑娘。他抬眼看窗外，心一陣陣收縮得疼，像有張小嘴一張一合在吸他似的，身體也軟弱得厲害，力量無邊漫漶，三爺只覺得鼻子一陣發酸發疼，他這是怎麼了，他自己也不知道。

二

三娘和溫姑娘的第一次會面來得非常偶然，想來這也不奇怪，我們城很小很小，只有三五條主街道，幾萬人口；也許她們早就見過面，在上下班途中的一個路口，她們迎面走過，說不定也會互相打量一眼；在擦肩而過的那一瞬間，她們不會注意，太陽底下她們的影子怎樣在糾纏撕打。那時她們還認不出對方，一直要等到三爺把她們喚醒，她們的一生才算真正發生了關係；共同擁有一個男人使得她們成了自己人，那感覺是如此迫近、微妙、疏離，使得她們即便隔著芸芸眾生，也能一下子就有所感應。

那個星期天的午後，溫姑娘去人民醫院找她的姊姊說點事——她姊姊在那兒當護士長；走到醫院門口時，她看見了一對母子迎面走來，那兒子叉腿坐在自行車的後座上，那母親一手推車，一手扶著兒子。溫姑娘看了他們一眼，突然愣了一下，她看見了那孩子的臉，眉眼緊俏，很像三爺；自行車籠頭上，繫著一根蝴蝶結，有一天她和三爺推車走在郊外，閒來無聊，她也曾在車籠頭上繫過一根同樣的蝴蝶結；自行車是「永久牌」的，有點舊了，鈴鐺掛了下來。溫姑娘的心突然狂跳不止，那是三爺的車，她認得的。

三娘一邊撫慰剛打了針的兒子，一邊從溫姑娘身邊走過了，突然，她警惕地回過頭來，完全憑著女人的直覺，她知道有人在打量她。這是一個年輕姑娘，膚色微黑，生得勻稱健康；三娘曾不止一次向我們族裡的「皮條客」打聽，她男人的相好長什麼模樣，當得知對方得一綽號叫黑牡丹時，她表示，她抽空要會會這個蹄子，「抽她兩巴掌」，她從牙縫裡舔出來一根菜葉，惡狠狠地吐在了地上。

可是那天，在這場歷史性的會面中，三娘一開始的表現卻使自己失望，看見仇人，不知為什麼她一下子就沒了力量，只覺得渾身癱軟，一雙手都在簌簌發抖；直到她看見對方也和她一樣，一張臉木木的，似乎還沒有回過神來；三娘這才鎮靜下來，她咳嗽了一聲，伸手在兒子的衣服上撣了撣，說道，毛頭乖，我們現在就去機械廠找爸爸，讓他陪著我們去看電影，傳達室的大爺要是不讓進，你就說，我爸爸叫許昌盛。

三娘的聲音溫柔甜蜜，她自己聽著都覺不像話，那是一個幸福的妻子和母親的聲音，是她多少年來都不再體驗的。她靜靜地瞥了一眼對手，她的神情悠遠自信，充滿了一個正派女子對一個爛貨的同情和鄙視。

溫姑娘一陣頭暈目眩，這場較量兵不血刃，卻以她的失敗而告終，短短不到一分鐘，她們沒有說一句話，只是看了兩三眼；她輸了。溫姑娘直到這一刻才知道，她的身分是那樣的可疑可鄙，她算什麼，她在那個苗臉婆的眼裡充其量只是個婊子。她搖搖晃晃走到離門診部不遠的花圃前，雙膝一軟就跪了下來，她把手指摳進泥土裡，喊了一聲媽媽，嗚的一聲就哭了出來。

三爺的這場戀愛在兩個女人之間引起的仇恨，是他萬萬沒想到的，事後他翻來覆去地想：女人這類物種真是莫名其妙。不知從哪一天起，溫姑娘再也不去相親了，她鐵定心來要讓自己成為一個老姑娘，三爺覺得很煩惱。事實上，自從他老婆介入這事以後，他這戀愛就有點談不下去了，整個人也變得焦躁了。現在三爺很老實了，二胡也不學了，一下班就回家，心不在焉地和妻兒說說話，兩個小孩在玩玻璃球，老婆則不太搭理他——家裡都沒他這個人了。到了溫姑娘那邊，三分鐘不到他就心事重重，摸摸這，摸摸那，溫姑娘看了，不由得哼了一聲冷氣。

三爺搓搓手，說，我不是這意思……

溫姑娘低頭坐著，都懶得看他，一雙手把毛衣織得飛快。男人懦弱到這種分上，老實說她實在有點瞧不上。三爺拉一張椅子坐在她身旁，望著門外發了一會呆，一切恍若一場夢，從前她是多省心的一個姑娘，事事都為他著想，他們常在一起計劃未來，她就說，不著急，我等得起，離婚不是一朝一夕的事，不能太傷了她。

三爺長長地歎了口氣，他現在不能離婚，家裡的那個沒什麼過錯，身邊的這個可愛可憐，不知為什麼，他現在只為自己感到心疼。他伸手拿過毛線團，放在手心裡窩了窩，琢磨著該說兩句體己話，不知怎麼話題就引到了她相親的事上，三爺說，最近你姊姊怎樣，不再跟你介紹對象了？

溫姑娘迅速側過頭來看他，眼神犀利，就像刀刻，三爺這才知道，他又一次說錯了話。他現在簡直不敢說話。

溫姑娘說，你現在還敢提這個茬！

三爺低三下四地笑了笑。

溫姑娘的一雙眼睛定然地盯著門框，半晌才說道，遲了。

三爺扶著膝蓋想站起來。

溫姑娘把毛衣摔在地上，冷冷地問他，想家了是吧？

三爺掛著臉不說話。

溫姑娘再也忍不住了，多少天來的屈辱使得她聲淚俱下：你早幹什麼去了，你現在讓我去相親！玩夠了，想甩了，是不是？你們夫妻兩個合夥起來欺負我一個，回去問問你婆娘，她都幹了些什麼，她還跑到我單位去告黑狀，你回去轉告她，我什麼都不怕，讓她告去吧！你這男人我是要定了。

三爺目瞪口呆，讓他驚訝的不是他老婆在告狀，而是溫姑娘的潑辣相。女人怎麼都這樣？一轉眼就翻臉不認人了！三爺從溫家走出來的時候，手抄褲袋，朝天輕輕吐了一口氣，現在他解脫了，他再不必對這姑娘有什麼愧疚心了，他不怕她跟他鬧，他只怕她對他好。

回到家裡又是另一番景象，兩個小孩在哭吵，他心裡發煩，順手在老大的屁股上拍了兩下，三娘奔過來不讓了，她把兒子護在身後，也不說話，只把一雙眼睛狠狠地看著三爺。那是她的兒子，他憑什麼打？他剛從騷貨那兒回來，憑什麼拿她的小孩出氣，就憑他那一臉晦氣相？

三爺呆呆地站了一會，突然覺得天高地遠，人生竟是這樣的無趣，他剛建立起的那點家庭責任心，就這樣飛了。那一刻，他心裡空得就像出家做了和尚。我們家族的人後來都認定，大概三爺就是從這一刻起，有了逃遁的決心。

三爺整整失蹤了三個星期，他躲在一個朋友家裡，也不用上班——他們廠正停產罷工；白天他們走走象棋，晚上談點愛情人生，日子過得逍遙自在；在他失蹤的那段時間，我們全族上下急得雞飛狗跳，只擔心他是尋了短見，三娘和溫姑娘更是昏天黑地，兩人都發現，她們愛著這個男人，這愛是另一個不能給的，她們也想獨佔這個男人，所以在尋人的同時，她們也免不了爭風吃醋，互相詆毀。

尤其是溫姑娘，她差不多快瘋了，按說她這種身分，怎麼著也得避點嫌疑，可是她全然不理會，甚至動用了她姊姊婆家的關係，派出了一支民警小分隊分頭尋找。三娘最看不得她仇人的賤樣，那是她的男人，哪兒就輪得上這婊子說話的份！她恨得哭了一場，眼睛都充血，第二天她到底沒忍住，帶上娘家的幾個兄弟，忙裡偷閒到溫姑娘家裡走了一遭，她讓她的兄弟把門，自己進去了，和仇人撕扯了一番。

溫姑娘坐在地上，她蓬頭垢面，起先她也還手，後來她就不動了，任著三娘胡抓亂撓，拿指節在她的額頭上敲得咚咚作響。溫姑娘是那樣的安靜，偶爾她抬頭看了一眼三娘，直把後者嚇了一跳。她的神情是那樣的堅定、有力量，充滿了對對手的不屑和鄙夷。三娘模模糊糊也能意識到，這女人是和她槓上了，從此以後，誰都別指望她會離開許昌盛。三娘突然一陣絕望，坐在地上號啕哭了起來。

二十天後，三爺被找到了，不得已結束了他的隱居生活；天上一日，人間十年，三爺出來以後，整個人就變了，他一副離塵世很遠的樣子，對於他和兩個女人之間的爛攤子，他突然理直氣壯地退出了，好像這事跟他沒什麼關係似的。讓她們鬧去吧，有一次他不耐煩地跟我們族人說。

隨著三爺的退出，這場男女關係就變成了兩個娘們的較量；其實三爺也不是真正退出，他還得回家睡覺，要不就去睡溫姑娘，我們都看得出來，三爺不那麼自尋煩惱了，因為他現在誰都不愛。溫姑娘的頭生子就是在這一段懷上的，她做出了這一生最驚世駭俗的一個選擇，把孩子生下來，於愛於恨都是一個合理的解釋。她懷孕的時候很是吃了一點苦，知道要被單位除名，所以主動遞交了辭呈；她的肚子漸漸大了起來，整個小城都在議論這件事，她成了我們這兒的傳奇。

說不上人們是以怎樣的眼光來看我的溫姓三娘，首先，她生得漂亮，為人端莊；雖然出了這等醜事，她也算不上浪蕩；當她挺著肚子走在街上，她臉上的平靜尊嚴使得人們慢慢噤了聲，那不是一般孕婦的尊嚴，那尊嚴裡藏著一股巨大的力量。她也不張狂，平時自己買菜燒飯，要是在街上碰上熟人了，偶爾她也會說說懷孕心得，她一手扠腰，一手撫在肚子上，雖然靜靜地說笑，人們也聽得四肢豎起了汗毛。怎麼說呢，這女人已經超越了無恥，她一臉的聖潔，讓人覺得害怕。

是什麼使溫姑娘變得這樣堅強，我們後來都認定，她的心裡有恨——其時三娘正在四處活動，想把她告到牢裡去，可是這麼一來，很有可能就會牽連到許昌盛，三娘就有點拿不定主意了；溫姑娘聽了，也沒有說什麼，淡淡地笑了笑。我們不妨這樣說，溫姑娘的下半生已經撇開了三爺，她是為三娘而活的，事實證明她活得很好，她一改她年輕時的天真軟弱，變得明晰冷靜——她再也沒有男人可以依靠，心裡只有一個目標，那就是活著，要比黃臉婆更像個人樣；隨著小女兒的出生，她身上的擔子重了許多，她在家門口開了間布店，後來她這店面越做越大，改革開放不久，她就成了我們城裡最先富起來的人，當然這是後話了。

我的溫姓三娘從不後悔，她度過了不平凡的一生，可是活得很有勁道——和人鬥，其樂無窮，說的就是我的兩個三娘啊。她們像一胞雙胎的兩姊妹，或是一枚錢幣的正反兩面，彼此相輔相成，陰陽共生。在溫姑娘懷第一個孩子時，她姊姊為她從鄉下找了一個保母，我們許家也偷偷派人來照應。溫許兩家達成了妥協，孩子姓許，又託關係報了戶口，反正許昌盛只有一個，就這麼兩邊都糊著吧，也不分大小的。

溫姑娘其實一點都不在乎她有沒有名分，當她姊姊把這一切都搞妥以後，她淡淡地說，何必呢，我又不是為了這個的。

做姊姊的不禁淚落，大罵許昌盛。

溫姑娘笑了笑，說，這不關他的事。——她坐在家門口，看著沿街走過的人群，許許多多男人的面孔和背影，從她眼前嘩嘩的淌過，她就像做了夢一樣，不禁設想自己若是嫁給他們中的任一個，都可能沒現在這樣圓滿；這麼想的時候，她心裡分明閃過一個女人的身影，她嘴角稍稍牽動了一下，覺得這一回自己是戰勝了她。

對待三爺，溫姑娘還是不錯的，她待他甚至比從前還要溫柔，她一概軟到底，什麼都不跟他計較，她也不吃醋，也不使性子，他要是回家去，她也不阻擋，隔幾天他要是回來了，她也滿開心，嘮嘮叨叨和他說些家常。三爺沒那麼重要了，因為她有了孩子，溫姑娘摟著她的孩子，眼神溫綿慈善，心偶爾也會酸楚，她知道，這世上什麼都是假的，只有她的一雙骨血才是真的。

我的黃姓三娘也適時調整了策略，不再和三爺冷戰了，嚴酷的現實告訴她，失去了這個男人，就失去了對這場戰爭的控制。說到底，她這人的性格還是太外露，不像姓溫的那樣「陰毒」；她人生的最大一次失誤，是沒把她的仇人送進監獄，卻讓她張牙舞爪地弄個兒子出來，這是她犯的一個戰略性錯誤，當時，她怎麼就沒想到教她流產呢，雇個人，迎面撞她一下，這活兒就幹得漂亮了。

沒有人能想到，我的黃姓三娘度過了怎樣屈辱的一生，她好好的一個家庭被拆散，她的男人被別人佔有，她一輩子都被一個女人壓著走；在她仇人生產的那天，她一個人躺在家裡，孩子們都睡了，許昌盛肯定死去醫院了，她開著燈，靜靜地睜著眼睛，腦子不太能動；窗外是冬天的淒風苦雨，一片殘葉貼著窗玻璃晃了幾下，掉下去了。三娘覺得她的一生從來沒有這樣安靜過，心裡充滿了對一切生命的同情，也希望躺在醫院裡的那一對母子能靜靜地死去。

三

我的兩個三娘就這樣服從了命運的安排，認領了妻妾的身分，從此消失於街巷間；隨著時間的推移，她們不再劍拔弩張了；戰爭是需要體力的，從前，她們已消耗了太多，都傷了，怕了，疲憊了。仇恨把我的兩個三娘給毀了，但看她們滿目瘡痍的神情，顯得那樣的蒼老、壓抑、若有所思。在她們的後半生，她們很少有過真正的安寧，即便一個人坐在太陽底下發呆，偶爾一想起對方，她們就會打激靈；光天化日之下，她們也是彼此的噩夢！

仇恨也整個兒改變了兩個女人，使得她們對這世界的認識不是幽深高遠，而是漫無邊際；總之，傷害和不幸使她們有了一些智慧，就比如說，我的黃姓三娘偶爾也會沉思，自問人為什麼要活著、人生有什麼意思這樣的高級話題；她一個人常常就哭了，背著人她不知哭過多少回，好像並不是因為什麼，就是哭成了習慣，鼻子一酸就會掉下眼淚；她自顧自哭上一回，哭到舒服了，也沒人看見，她就擦掉眼淚，幹活去了。而從前，她是多樂觀的一個人，庸俗，愚蠢，得理不饒人，很讓人煩的。

我的溫姓三娘從來不哭，好像她把這一生的眼淚都哭給了愛情，現在她吝嗇哭一滴給任何人，況且她又是個生意人，最精於算計，常常她在店堂裡忙到深夜，一個人走回家去，腦子一放鬆，就會想起城西頭還住著一個女人，現在可能已經睡了，就會想起那張臉，她猙獰的神情，想起她的污言穢語，她抓住她的頭髮朝牆上撞的情景……我的溫姓三娘並不願意想到這些，因為這是黑夜，冰天雪地的，路上沒什麼人，她恍惚中難免會疑惑，若是這世上只剩下她們兩個，她的記恨便是沒有意義的，她覺得荒冷。

某種程度上，兩個三娘最終也沒能達成諒解，卻對三爺抱有同情和寬容；說到底，跟男人是沒法計較的，不在一個層面上；經過了這些年、這些事，她們已經老了，不知為什麼他卻怎麼也長不大，一遇事就往後縮，什麼都不想承擔，似乎他又回到了很多年前，他疲遝懶惰的青年時代，好脾氣，有點無賴，他是要等著女人對他負責的——她們對他，是愛過，恨過，鄙視過，後來就變成了包容，那簡直是慈母式的，一概退到底，最後就變成無條件的了。不得不說，三爺在他生命的最後幾年，度過了一段平靜時光，他終於可以相安無事的兩邊都敷衍著，這邊住一陣，那邊住一陣，想住多少天就住多少天，再也不會有人跟他哼嘰，我們族人都說，三爺是徹底的自由了，他自己也很滿意，覺得經過十幾年的努力，他終於安撫了兩女人，使得她們就像兩姊妹。

然而三爺在兩個家庭的身分畢竟顯得怪異，怎麼說呢，他有點像個親戚，他雖是五個孩子的爹，兩個女人的丈夫，但是大家都習慣了他不在家的日子——孩子們稱之為「出差」——假若他哪天「出差」歸來，孩子們則顯得異常的高興，做母親的也會額外多添幾樣菜，溫壺酒，這時候家裡差不多就像過節了。

過年的時候，三爺就不那麼隨意了，他很注意時間的合理分配，盡量不傷任何一個人，就比如說，年三十和大年初一，他一般都在大房那邊的，雖然心裡也有點愧意；到了年初五——我們稱作「小年」，他一般就陪著二房了；這表明他心裡確實有底的，並不會因為好惡而亂了倫理，就連他生病住院的時候，兩家也是輪流侍候。

三爺從查出癌症到去世，不過半年時間，雖然被瞞了真相，他也模模糊糊能感覺到；每天躺在病床上，窗外能看見一角藍天，滿窗的梧桐綠意使他想到生死，不知為什麼有時也會很平靜。他並不懼死，放心不下的還是他的身後事，牽牽絆絆那麼多的關係，他希望五個孩子能平安無事，至於兩個女人……他看了一眼來醫院探望的我的父母，說，多照顧她們。

三爺的聲音是那麼輕，我當時站在他身邊都不太能聽得清；他憔悴多了，眼鏡也不戴了，雙眼直往裡凹，我不知道他是否還能看見什麼，反正他說話不太有力氣了。他嘴唇又動了動，我母親俯下身聽了一會，一走出病房，她就搗臉流淚，因為三爺說的是，他覺得人活著沒什麼意思。

我們一家三口站在醫院的一棵老槐樹底下，發了一會呆。我那年十六歲，第一次知道人世竟如此麻煩牽扯，一下子都無從說起。大概三爺早就乏味疲憊，只是他很少提起，他這一生為兩個女人所累，活著對他來說沒太大的吸引力。

三爺死在那年冬天，在送火葬場之前，我們族人都希望兩個女人能見上一面，就是說，在火化那天能一起出席葬禮；這個建議被黃姓三娘斷然否決了，大概她以為，這是一種身分的象徵，只有她才是許昌盛明媒正娶的妻子。

溫三娘既不得堂堂正正地參加喪禮，所以火化那天清晨，她五更不到就起了床，叫醒了兩個孩子，帶上事先備好的紙線，披麻帶孝，幾步一磕的就走出了家門；那天地上都結了冰，天上寒風呼呼吹，他們娘兒仨叫醒了火葬場的看門人，到停屍房守著三爺，一直到天亮才離開。是的，他們先舉行了葬禮，雖然沒有外人，卻是一家人最後聚在了一起。

溫三娘抱著丈夫的屍體只是流淚，她跟丈夫說，我是看在你的分上，才不跟她計較的，要不我今天非來哭場，看她能拿我怎麼樣？她拉著丈夫的手，又撫了一下他的臉，靜靜地抬頭看窗外，那眼睛裡全是恨毒。

我們基本可以認定，兩個女人在三爺死後的日子裡，仍在發生著某種聯繫，她們一直不能將對方忘懷，並把這種惦念維繫了一生。

兩個三娘都告誡過自己的孩子，不要跟仇人的孩子來往，然而親情著實是一種奇妙的東西，平時倒也罷了，但凡遇上事，他們身上流淌著同一個男人的血液就使他們緊密地聯繫在了一起。尤其是幾個小的，年歲都一般上下，又在一所學校念書，平時遙相對望，早已心生好感好奇，彼此都有勾搭之意，只是礙著母囑，不好下手；所以一旦逢著哥哥妹妹被人欺負了，那豈有站在一旁看熱鬧的理，早就急不可待地衝上前去，藉此表明自己的心跡，重敘兄弟手足之情。

就連黃姓三娘自己，有一次經過學校門口，看見溫姓的小女兒被幾個壞小子圍著撕扯，她也路見不平拔刀相助過。溫姓的女兒那年不過十歲左右，因生得玲瓏剔透，很得一些壞孩子覬覦，男孩對女孩表達愛意的方式不過是把她堵住，你一拳我一腳的打罵一通；起先，黃姓饒有趣味地看著這一幕，直到看見那女孩被打得縮在牆角，搗著頭，她這才毫不猶豫地走上前去，扯住一個孩子的耳朵，把他按得跪在了地上，好歹給她仇人的女兒復了仇。

這事讓黃姓有那麼點不舒服，它勾起了她心頭的舊痛，這女孩長得越來越像她的父母，她臉上的神情哪一樣不是那對狗男女的？她生氣懊惱了好一陣子，不過事情既然已經做了，若是還有第二次，她照樣還會這樣，那是她丈夫的女兒，她怎能看著這孩子受人欺侮而袖手不管？

兩個三娘的再度相見，還要再等上一些年頭，其實她們也談不上相見，只是恍惚中覺得有那麼一個人，還不及對方反應，她們就已經避開了。這次驚鴻一瞥給了兩個女人太多的打擊，她們看到對方老了，完全不是從前的那個人，若不是毛頭堂哥做參照，她們撞在一起怕也未必能相認。我的毛頭堂哥那年三十三歲，已下崗多年，生活的艱辛使他變得老態疲憊——他已經是一個中年人了。

那天，溫三娘看見了這對母子，還不待自己回過神來，就本能的轉過身，拐進了一條小巷，她是那麼慌張，幾乎逃竄一般，一路疾走，氣喘吁吁，走到沒路可走了，她才四下裡看看，倚著一面土牆稍稍喘了口氣。她站在土牆前估摸著總有幾分鐘，或是個把小時，腦子暈暈呼呼的不太能相信，這孩子才幾年不見，怎麼就變成這樣，想當年許昌盛和他一般年歲時，卻是嫩得能掐出水來——溫三娘再也不敢把思緒放在她的仇人身上，哪怕一丁點兒，她仇人全然一副老太太的模樣，使她感到很傷心。

一路上，黃三娘都在問她的兒了，剛才恍惚閃過的人影可是「那女人」；她眼睛有點花，沒怎麼看真亮，只記得那婦人體態臃腫，和從前的那個俏麗模樣完全對不起號來。

我們族人都說，兩個女人大約就是從這一面起，互相有了同情，那是一種骨子裡的對彼此的疼惜，就好像時間毀了她們的面容，也慢慢地消淡了她們的仇恨；我不太認同這種說法，我以為她們的關係可能更為複雜一些，她們的記恨從來不曾消失，她們的同情從開始就相伴而生，對了，我要說的其實是這兩個女人的「同情」，在多年的戰爭中結下的、連她們自己都沒有意識到的情誼；命運把她們綁在了一起，也不為什麼，或許只是要測試一下她們的心裡容量，測量一下她們闊大而狹窄的內心，到底能盛下人類的多少感情，現在你看到了，它幾乎囊括了全部，那些千折百轉、相剋共生的感情，並不需要她們感知，就深深地種在了她們的心裡。

據聽說，兩個女人後來都傷心得落了淚。溫三娘為此大病了一場，她躺在家裡足足一個星期，中途把女兒叫到床前，儘管做了很多鋪墊，那一句話說出來還是讓她羞愧：她仇人沒閨女，她想讓女兒將來給她仇人送終（我們那地方的風俗，有兒有女送終，一生才叫周全）。

溫三娘說，她老了，沒事你常去看看她，兒子媳婦哪有貼心的？她跟我也就這樣了，對你她是不會計較的。

溫三娘抱著女兒痛哭，她就是覺得屈恨。她和「那一個」所共同經歷的痛苦屈辱，喪夫，仇恨，不幸的生活……她們早就不分彼此，合二為一！她們簡直是白頭偕老。我的溫姓三娘再也不會知道，是怎樣的一種東西使她們糾纏在了一起，她為此很感苦惱。後來，我的毛頭堂哥到「溫氏綢布店」幫工，再後來，他和大房的兩個兄弟都成了這家店面的股東；我們不能藉此就以為，兩個女人從此就沒了芥蒂，事實上她們一直諱莫如深；畢竟，歷史不應被忘記，這也是對自己的尊重。

溫三娘為她這一義舉找了很多理由，她逢人便解釋，她心胸並不開闊，實在是看在許昌盛的分上——他兒子的事她哪能不管？

這話我們也就聽著，總覺得不盡如此，因為這一對娘們的事，我們後來都煩了；兩個冤家雖然一口一個許昌盛，其實許昌盛未嘗不是真正的第三者，她們的相識才是宿命，她們的恨堪稱深仇大恨，她們的同情相知如海深，可是她們又從不承認。

生活以它不可逆轉的方向滾滾向前，把她們像沙子一樣想帶到哪裡就帶到哪裡，她們於其中雖然掙扎撲騰，可是從不分離，她們是兩粒抱在一起的沙子。

喬治和一本書

呵，成為他一夫多妻生活中的另一個自我！

特麗莎突然問：「照點裸體的怎麼樣？」

「裸體照？」薩賓娜笑了。

「是的，」特麗莎更加大膽地重複了她的建議，「裸體的。」

「那得喝酒。」薩賓娜把酒瓶打開了。

薩賓娜花了一點時間把自己的浴衣完全脫掉，又花了幾分鐘在特麗莎面前擺弄姿勢，然後她向特麗莎走去，說：「現在該我給你拍了。脫！」

薩賓娜多次從托馬斯那裡聽到命令，「脫！」這已深刻在她的記憶裡。現在，托馬斯的情人向托馬斯的妻子發出了托馬斯式的命令，兩個女人被同一個有魔力的字連在了一起。這就是托馬斯的方式，不是去撫摸對方，向對方獻媚，或懇求對方，他是發出命令，使他與一個女人的純真談話突然轉向性愛，突如其來，出人意料，甚至帶有權威的口氣。

他也常常用這種方式對待妻子特麗莎，她從未拒絕過。現在她聽到了這個命令，她燃起了更為強烈的服從欲望。順從一個陌生人的指令，這本身就是一種瘋狂。

——摘自《生命中不能承受之輕》

1

他在燕園附近有一套私房，是十幾年前購置的。三十五歲，單身，肥胖，肉感（他自己說是性感，粗獷中帶有清秀）。生活已完全地北京化。

其實他是香港人，叫喬治。他在北京交遊甚廣，臭名昭著，即使在自由隨便的文化圈內，也是聲名狼藉。他是香港某雜誌的頭號負責人，P大的訪問學者，一個花花公子。

他常在自己的寓所開「Party」，被邀請的多是燕園的女生，有集體被邀的，也有個人。她們年輕，可愛，特別。最主要的，她們很現代。

喬治記得是在八八年的秋天，他在圓明園認識了外語系的漂亮女生佳妮。事實證明，這確實是他眾多女友中最別具一格的一個。她難以讓人忘懷。

他們互留了地址。喬治約會她：「我住在P大西門，往左拐兩百米，有一座紅樓——」

佳妮輕輕地笑起來，搖頭說道：「這不好，我要你來接我。」

晚飯時，喬治在女生樓的窗下喊她。他仰著頭，看見站在窗口的佳妮和藍天底下的一群鴿子，灰色的樓房，陰影，枯樹的剪影。

喬治甚至看見了自己，孩子氣地仰著頭，久久地吹著呼哨。

喬治的房間裡有很多書。他拿來英文版的小說《生命中不能承受之輕》，問佳妮：「你看過沒有？」

佳妮搖搖頭。

喬治輕輕念上一段。他的英文發音異常準確，鼻音很重，像個地道的英國紳士。有時候他會要噱頭，在個別音節上露出馬腳，佳妮歡喜地糾正了。

喬治給她介紹這本書的作者和時代背景，又說了些國外文學的現時狀態。然後，他把書翻到中間的某頁，也就是本章開頭筆者引用的那一段，念了起來：

這就是托馬斯的方式，不是去撫摸對方，向對方獻媚，或懇求對方，他是發出命令，使他與一個女人的純真談話突然轉向性愛……

喬治停了一下，看著佳妮。佳妮不知所措地瞪著他。

喬治又念道：

呵，成為他一夫多妻生活中的另一個自我！……薩賓娜花了一點時間把自己的浴衣完全脫掉，又花了幾分鐘在特麗莎面前擺弄姿勢，然後她向特麗莎走去，說：「現在該我給你拍了。脫！」

佳妮羞赧地笑起來。

薩賓娜多次從托馬斯那裡聽到命令……現在，托馬斯的情人向托馬斯的妻子發出了托馬斯式的命令，兩個女人被同一個有魔力的字連在了一起……順從一個陌生人的指令，這本身就是一種瘋狂。

念完了，兩個人站了起來，好久沒有說話。唱機上淌著德布西的音樂，柔軟的座墊，高腳酒杯，香檳酒，不像是北京城的夜晚。

喬治說：「現在該我說了。脫！」這次他說的是中國話，溫和而堅定，甚至帶有權威的口氣。

他從佳妮的眼裡看到了特麗莎式崇拜的神情。這神情，從他屋裡穿過的每個女人都有。

2

喬治給我講起這個故事是在七年後，那時我在P大中文系念大三。

我們是在一次舞會上認識的。喬治置楊於不顧（楊是我的男友），一連請我跳了三支曲子。喬治骨節粗大，肩胸寬闊。喜歡插科打諢，反應靈敏，是個輕浮之徒。那時他的身體漸趨發福，是肥胖的、中年人的身軀。他喜歡孩子氣地仰著頭，氣宇軒昂地走路，說話，行事……無庸置疑，他吸引了我。我想，他有點像過去時代的「老式」少年，魯莽不失單純。

就像七年前的佳妮一樣，我被喬治帶到了他的房間裡。

我看見在他的床頭放了一本相冊，裡面有他和眾多顯赫人物的合影。這正是喬治的可愛，他甚至不知難為情。他喜歡粗俗的炫耀，直來直去，不會拐彎。他是個不諳世事的孩子。

他坐在我對面，拉著我的手。我看見了他那雙縱欲過度的眼睛，眼睛下垂，有一些老態。

我們就這樣坐等了兩個小時。我是說「等」……真有點難以啟齒。您知道喬治是幹什麼的，他把我帶到他的房間來，又是晚上，拉著我的手一直從八點坐到十點……底下輪到我不安了。

喬治也有點不安。他那晚異常靦腆，拉著我的手時，我發覺他的身體竟在顫抖。我吃驚地看著他，問：「喬治，發生了什麼事？」

喬治並不說話。他張著嘴巴看著我，有點猶豫。

又坐了一會兒，我站起身來說：「那我回去了，你不送送我麼？」

喬治把我推到牆角，他畏畏縮縮地圈住我。我看見了他的眼睛，那是一雙熱情和膽怯的眼睛。是的，他想和我親熱，但是不知該怎麼做。

喬治終於放棄了他的努力，老實說：「我弄丟了《生命中不能承受之輕》，中譯本的倒是有，可是我念不出來。」

他抑鬱地搓著手，有些手足無措。

我問：「這是件重大的事情嗎？」他說「是的」，他現在簡直不知該怎麼辦了。

他又一次給我講佳妮的故事，講起七年前的那個晚上，那本書。這一次他講得非常細緻，我突然明白了，這不僅僅是一個男人如何去勾引女人的故事，這故事講的是什麼，我也不知道。我只知道，喬治用書去勾引女人，事實上，這樣的伎倆在佳妮以前，和佳妮以後他一直慣用。他用得熟能生巧，沒一次失手。

喬治告訴我說，書中的不少字句他還能記得。現在他只能背了。

他斷斷續續地背道：

這就是托馬斯的方式，不是去撫摸對方……他是發出命令，使他與一個女人的純真談話突然轉向性愛……現在，托馬斯的情人向托馬斯的妻子發出了托馬斯式的命令……「脫！」

喬治背到這兒狐疑地瞟了我一眼，近乎懇求。他神色慌張，聲音粗鄙，整個人近乎下流了。我一下子討厭他了。

我說：「這是個相當糟糕的方式。你再也找不回那本書了嗎？」

喬治在房間裡來回踱步，他說：「一直在找，讓我再想想辦法。總會有辦法的。」

看得出喬治那晚一直在討好我。沖了涼以後，他似乎恢復了些信心，臉上又有了專橫的神氣。

我們說了一些閒話。我頻頻地看手錶，示意這樣的談話可以結束了，我想回校。喬治不由分說把我的手錶扔到了窗外，接著把自己的手錶也扔了出去，說：「這樣就沒有時間了。」

我起身想離開，喬治一把拉住我靠近他的臉部。我聞到了他咻咻的氣息。一種男性荷爾蒙氣息。我厭惡至極。

我挺直了腰桿，正色說道：「你想幹什麼，你想強迫我麼？」

「我本來沒想，不過現在我改變主意了。」他把我逼到牆角，臉上有惶恐之色。

我冷笑道：「你怕了麼？你害怕什麼？你的那本英文小說丟了，你整個人早就完了。你垮了。哈哈哈……」我不顧一切地瘋笑起來。

喬治鬆開了他勒住我的手。這個可憐的傢伙臉色蒼白，眼睛發愣。半晌，他哆嗦著嘴唇說道：「你知道嗎，從見到你的那一刻起，我就想跟你做愛。」

「可惜你丟了那本書，你再也不知道該怎麼辦了。」

「是的，」喬治說，「你走吧。一切越來越不像了。」

我抬腳跨到門外，信步來到大街上，然後瘋跑起來。

我萬萬沒有想到，這個著名惡棍會敗在我的手下，他受傷了，異常孱弱。其時我二十歲，和楊有過兩次歡愛，但並不熱中。

然而不可否認的是（這非常糟糕），從那天晚上開始，我愛上他了。

在明孝陵乘涼

1

好多年前，小芙的父母還是南京明孝陵管理處的職工。明孝陵是明代皇帝朱元璋的陵墓，坐落在南京東郊，經過六百年的風吹雨打，早已破落。在南京，這樣的地方總是很多。南京有的是破城牆，不知哪朝哪代。身穿超短裙的少女從城牆下跑過時，回過頭去總免不了要吃驚和惶然的。拾荒者在某個不知名的小巷撿到了一片瓦片，有考古癖的人總忘不了要提醒他，這也許是南朝某達官顯貴人家的一塊飛簷。

當然最讓南京留名的還是妓女。這過去六朝積累了幾千年的性傳統，曾一度地代表著這個城市的品格：自由和繁華。它的聲色犬馬就是它的溫暖。

然而，就是這個曾以養育妓女著稱的城市，在小芙童年的記憶裡，已褪色得毫無淫蕩生氣。這是個毫無個性的城市，丟失了自身的存在，變得沒有情欲。整個城市是灰色的，像漫長的、看不見希望的童年。天氣還是無邊無際的熱。

那年夏天，小芙和哥哥炯、女友百合去父母的單位明孝陵乘涼。炯那年十五歲，是高一年級的學生，懂得很多史實。他告訴兩個女孩，明孝陵是明代第一位君主朱元璋的陵墓；後來明成祖朱棣遷都北京，明永樂以後，十三位明代皇帝環葬於北京昌平縣北，故稱十三陵。所以南京北京原是骨肉相親的一家。

炯繼續說，這裡是一個豐富流麗的地下世界，有長明燈，拱形門，漢白玉雕，鳳冠和瓷器。

「那裡頭還會有人嗎？」小芙問。

「當然有。是皇帝的屍骨。」

「我是說女人？」

炯想了一下，突然輕聲笑了兩下。他支吾著，含混不清地說：「也許有吧。她們是娘娘和后妃。」

「后妃是什麼？」

「后妃就是小老婆。」小芙的哥哥說。說這話時，他們已站在四方城上，那天天氣酷熱，四方城上沒有遮攔。小芙扒著磚牆，頭一個勁地往城下勾。當哥哥說到「小老婆」時，小芙的心不由得緊了一下，有冷水初觸皮膚的那種收縮感。遠處是無邊的密密匝匝的蟬鳴，一點一點朝她身上爬過來。她的身上起了痱子，蟬鳴一樣的痱子密密匝匝地佔領了全身。

一種不可言傳的、微妙而緊張的情緒籠罩了她。她又細聲細氣地問炯：

「是不是我們在電影上看到的資本家的小老婆？」——她的眼前浮現了舊影片中揭露資產階級腐化墮落生活的那類經典場景：濃妝豔抹、妖媚淫蕩的姨太太緩緩地向她走來。那個女人什麼也沒做，她只是走著，擺動著腰肢，拋出媚眼，含混地笑了一聲。底下的孩子們便有些坐不住了，男孩和女孩的手心都出了汗，有些攥不緊。

炯不屑地說：「她們跟資本家的小老婆可不一樣。她們都是美麗、聰明而又殘忍的精靈。可惜都死了。從前一個皇帝能有幾百上千個后妃呢，娘娘只有一個。」

小芙想像不出資本家的小老婆和皇帝的后妃有什麼不同，她們都是女人，她們的一生始終與某個男人掛在一起。她們是那曲線般身體的主人。小芙那年十二歲，她的胸脯最近一個月漸漸地腫起來，開出花苞，有些疼。小芙最大的理想，既不是做少先隊員❶，三好學生❷，也不是當醫生或農民，她最大的理想是做一個女人，擁有那曲線般的身體，做那身體的主人。

小芙問：「是不是明代所有的皇帝都有幾百個妃子？」

炯說，不單是明代，所有的封建王朝都這樣，但是明代更墮落一些。

他想了一會兒，又正色說道：整個明代是一個大時代，有著浮面的、流光溢彩的骯髒和墮落。而它的內質則是乾淨明瞭的深刻，因為這是產生「愛情」的時代，無論是大愛情還是小愛情，已經發展到了「全民皆談情」的下流地步。炯說，這才叫博大精深。

小芙豔羨地說：「是呀，博大精深。」

小芙想她哥哥一定愛上了百合，只有愛情才會教人變得那樣深刻。百合和小芙同齡，她是個美麗的女孩子，吊梢眉，喜歡斜著眼睛看人。不知怎麼地，小芙有些不快。

小芙轉過身體，她看著四方城外濃蔭遮蔽的陵墓，她還看見濃蔭之外的城市，在太陽下散出熱氣。

小芙指給炯看遠處的樓房，她說：「灰的，第五層，是我們家。」

炯繼續沉浸在曠古的沉思中，他歎息道：「這原來是個可愛的城市。」他的聲音聽起來很遼遠，很傷感。「這個城市曾經發生過多少故事。城市的空氣裡有脂粉的香味。女人們很漂亮。有很多物質。」

小芙困惑地點著頭，說：「秦淮河的水是香的，女人們淌的汗也是香的。」

炯笑了起來，他覺得小芙有些懂了。

小芙就是從這時起，決定做一個與古代精神一脈相承的女人。站在那烈日當空的背景前，古代的南京漸漸地活了過來。那些死去的男人和女人們，鮮活華美飽滿的生命、愛情，甦醒了。小芙覺得自己一下子長大了許多，她倒退著往回走，倒退著成了一個女人。

那年夏天，那幾分鐘裡，小芙的哥哥，十五歲的男孩炯的一席光怪陸離的思想徹底打動了小芙。她站在四方城的毒陽底下，古代的陵墓為她開啟了一扇門，她感覺腳底生津，陣陣涼意突發而起。那個現實的南京城漸漸地遠去了。古代的琉璃世界來到她面前。

生活在這樣的一個城市裡，到處都有錯綜複雜的從前的影子，到處都會有暗示和啟迪。誰說不是呢？

2

❶少年先鋒隊的簡稱，中國少年兒童的群眾組織。

❷中國自一九五四年開始的學生評選標準。三好指思想品德好、學習好、身體好。

那年夏天，「火爐」南京的最高氣溫達到四十三度，是幾十年來的最高峰。整個城市被曬蔫了，到處充滿著汗臭味，柏油焦味，路踩在腳下變得稀軟，輕飄。街上人跡稀少。在城市的背後，偶爾會聽見人微弱的喘息，聞得見死亡、落日和腐朽的氣息。在白金的陽光裡，到處是荒涼。

那是八〇年代初，「文革」已經結束了，全民性的改革還沒有開始。整個城市處於一種無所事事的、青黃不接的潛伏時期。女人們穿著素樸，看不出是公的還是母的。不多的「文革」時代的標語，還殘留在豆漿坊和烈士陵園破落的土牆上，在太陽底下打著盹。新時期的片言隻字「張海迪」❸、「五講四美」❹，充斥於南京的街頭巷尾，帶著慌張和錯落，同樣有種不抵實的感覺。兩個時代的榮華在這個城市的牆壁上交合撕打，人們保持著鎮定。

社會欣欣向榮，人民痛定思痛，開始反思過去，展望未來。南京城一如既往地熱下去。有陽光，沒希望。秦淮河上漂著沿岸居民倒掉的爛菜葉子，早已不見當年妓女雲集、歌舞昇平的淫蕩之氣。傍晚的象棋攤旁，擠滿了黑壓壓的人頭。女人碩大的乳光光地含在嬰兒的嘴裡，吮吸有聲。男人們仍若無其事地下他們的象棋。

那年小芙念五年級，是個性別特徵不太明顯的小女孩。那年夏天，她和哥哥去明孝陵乘涼。她突然喃喃地搭訕了一句，說：「皇帝的身邊也會睡著女人嗎？」炯也紅了臉，他含糊地說：「那女人應該是妃子。」

小芙的心裡不由得一動，怔怔地站在那兒再也不能夠動彈。大約是從走進陵園的那一刻起，她就發覺自己的身體有些異樣。那個酷熱難耐的南京城被三個孩子甩在了身後，那個平和得讓人氣餒的成人世界離他們遠去了。一個舊時代來到他們面前，帶著強悍的生命力和激情。她有些眩暈，扶著一棵老樹站住了。一種不可言說的震撼擊得她全身亂顫。她開始燥熱、心慌、心跳加速。她想那時只有男子會讓她安定下來。是誰呢？是炯嗎？想起炯，小芙不由得一陣心慌。她抱著胸口坐下了，開始嘔吐，撕肝裂肺地吐，並開始流淚。

這時，百合從落荒的太陽底下跑進來，她周身冒著熱氣，站在石碑清涼的陰影裡，樣子有些滑稽。炯看見她，嗔怪道：「你到哪兒去了？我們等你很長時間了。」小芙倚在石碑上看著炯，她又看見了白金的太陽，那荒涼。她覺得這樣的熱天氣是要出事的，死了人，也許比死人還要糟糕的。

炯的臉紅了起來，他轉移了他的目光。

百合嘻嘻一笑，像變戲法一樣從背後拿出一片衛生棉，不懷好意地問小芙：「你猜這是什麼？」

小芙當然知道。女廁所常見人用過。大人們在用紙的時候，神情總是木然的，心不在焉的。有種世界總是老樣子的無聊感，小芙想她們真是不知足。

小芙常常豔羡著，它給了她無窮的刺激和想像。她覺得它是女性的、污穢的、妖嬈的、代表

❸中國著名殘疾作家，其奮鬥事蹟被譽為青年楷模。

❹八〇年代初，中國推廣的思想教育宣傳活動。

著她的未來的。她才十二歲，她簡直等不及這未來了。

小芙搖著頭，輕聲地笑起來。她睜著一雙大眼睛，天真地悄悄地問百合：「這到底是什麼？」她側著頭看了一下炯，炯又紅了臉。小芙和百合會心一笑。他們三個站在石碑的影子裡沉默了一分鐘，到底心照不宣了。

整個地下世界就在那一刻生動了起來，那個豐富流麗的地下世界，長明燈、拱形門、漢白玉雕和那些五、六百年前的男人女人，在那一刻全活了過來。

炯深情地看著百合，兩人的表情都有著回光返照式的光亮。就在小芙坐在老樹下嘔吐的當兒，炯牽著百合的手，走到墳墓的背後，一個遮陽的，她看不見的地方。炯就在那一天，完成了他的成人儀式，小芙想她也是。

當他們從墓區走出來時，已是傍晚了。城市還是老樣子，除了熱還是熱。三個人在熱浪滾滾的城市裡跑步，世界在他們的身後，變得奇怪和陌生。城市越來越小了，站在那個致命的制高點上，整個世界被三個孩子握在手心，他們冷淡而疲倦。

小芙看著塵世裡的這些成人們，趿著拖鞋，搖著芭蕉扇，蠟黃著臉，縮在自家門口，像死去一樣。她想他們為什麼不能擁抱接吻呢？這麼熱的天，大街上，光天化日之下，他們為什麼就想不起來要做些出格的、他們本該做的事情？他們缺的是什麼？

小芙的母親站在巷口，東張西望，她在等小芙回家吃飯。她每天都站在這巷子口，做出焦急等待的樣子。每天如此。她是個母親，然而除了母親，她還是個女人：她是個三十多歲的年輕女人，豐饒，粗暴，有些無聊。小芙傷心地想，她從來就沒有撞見過父母相愛的場面，他們為什麼就不能幹點什麼？

小芙有些心酸起來，為自己，為她的母親，也為所有的成人們。

母親看見小芙，一下子抖擻了精神，像大人一樣呵斥著。她從後面抓住小芙的頭髮，不由分說拎起了小芙的耳朵，在她的屁股上狠狠地擊了兩下，斥責道：「又到哪兒瘋去了？魂被勾走了是嗎？」

小芙謙卑地低著頭，她憋著眼淚，一種被侮辱的感覺慢慢擊垮了她。她的眼淚淌了下來。母親說：「你還有臉哭，我叫你哭？」說著揚手便打。小芙一下子從她的手掌心跳竄出來，站在一米開外的地方看她。

她積聚起所有的力量，用一種成人的冷而乏味的目光看著母親。母親撿走一塊磚頭向小芙砸過來。小芙撒腿就跑，大聲地哭著。她知道她又完了。從這時起，她又變成了小孩子，一個沒有性別的、形容枯槁的人了。

3

小芙後來想起那次去明孝陵乘涼，她的慌亂和震顫。她想起四方城的陽光，整個城市的荒涼。他們身體的燥熱，那愛怕，炯。他是她身邊每天能見到的男孩。他們共守著一個祕密。

她扶著一棵老樹站住了，有些眩暈。她想只有男子才會讓她安定下來。他是炯嗎？

「炯，我熱。」小芙說。

「你讓我怎麼辦！」炯說。他回頭看了一眼百合，百合不見了。

「你拉著我的手！」

炯一下子紅了臉，他是個安靜而靦腆的男孩，非常多情。

小芙說：「你以為我們不可以拉手嗎？」

炯喃喃地說：「我不知道。大人會——」

「可是我討厭大人。我討厭他們。」

「你是要和他們對著幹麼？」

小芙撇了撇嘴，突然柔聲說道：「炯，我很喜歡你呀！」

炯害羞地低著頭。半晌，他抬頭看妹妹，點了點頭，用輕微得連他自己都難以聽到的聲音說：「我也是。」

小芙快樂得一下子跳了起來，沿著山坡瘋跑。跑到山谷底下站住了，知道那天自己被收拾得乾淨漂亮，便大膽地回過頭來，讓他看。他們在陽光底下瞇縫著眼睛，那是兩雙孩子的眼睛，單純明亮，沒有灰塵。小芙興奮地想，炯是我哥哥，他是學習委員，三好學生，竟然也喜歡上我了。他就不怕犯罪了麼？一想起這個，小芙就快樂不已。

炯緩緩地向小芙走來，在一九八一年的夏天靠近她。他輕聲地允諾她：等我們長大後，我們會為「四化」❺做出我們美好的未來。

小芙鄭重地點了點頭，回頭看了一眼陽光底下的四方城，陵墓。她滿懷憂傷地看著這一切，有種黯然風塵的感覺。

她到底怕了起來，問炯：「你不會做叛徒嗎？你會不會把這事告訴給媽媽？」炯說不會。

小芙絕望地哭道：「你怎麼不會呢？你一向會打小報告，你想討好媽媽。」

炯脹紅了臉，憤怒地看著小芙。

小芙說：「你怎麼不會做叛徒呢？你怎麼會不喜歡百合而喜歡我呢？」

「誰說我不喜歡百合？」

「啊，你喜歡她？」小芙陪著小心咕噥道：「可是你剛才還說喜歡我。」

「那不一樣。」炯斬釘截鐵地說。

「一樣。」小芙斷然地說，「反正都是喜歡，而且你剛才臉紅了。」

一路上她糾纏著炯，往回走。她看見母親正站在巷口，做出焦急等待的樣子。母親大聲地呵斥他們，兄妹倆謙卑地低著頭，在母親空洞的眼皮底下惶然而過。

母親順手拉住小芙的頭髮，拎起她的耳朵，問道：「又和你哥哥到哪兒瘋去了？魂被勾走了

❺四個現代化，簡稱「四化」，是周恩來提出，意指工業、農業、國防、科技四個現代化。

是吧？」小芙立刻羞紅了臉，再看炯，早已逃之夭夭了。

她這一生第一次的愛情體驗在那年夏天完成並永遠地結束了。

4

那年夏天，在明孝陵發生了很多事情。一開始是乘涼，炯說了很多高深的話。小芙覺得她懂。她那時才十二歲，胸脯腫起來了，內心常常潮濕著，萬物皆能引起「性」的聯想。

她最大的理想莫過於做一個女人，一個美麗、聰明、殘忍的精靈。她這一生將發生很多故事，無一不是與男人連在一起，就像歷史上這個城市的風塵女子一樣。

她覺得這很博大精深。

她將在南京生活下去，因為這個城市曾充滿著物質和情欲。它教人振奮。

接著她明白了很多事情。這個城市早已今非昔比了。成人世界裡有種種不可能，使人喪氣，委靡不振。

她那時還是個孩子，沒來月經，有種種不可能。退而求其次，她所有的希望全押在這上面了。

……百合突然從落荒的太陽底下跑進來，她周身冒著熱氣，樣子有些滑稽。她撿來了一片衛生棉，私下裡給她看，不懷好意地問：「你猜這是什麼？」

小芙輕聲地笑起來，她有些興奮。這污穢的東西代表著她的未來。她才十二歲，她簡直等不及這未來了。

後來這事總讓她魂牽夢縈，茶飯不思。她開始有事沒事地往廁所跑，煞有介事地坐在便池上，這一下流無恥的等待使她慌張，也給了她安慰。她看見兩個年輕的女人，她們步履蹣跚，神色疲憊。

無論如何，她不得不心旌搖曳了。

那個拙劣、醜惡的口子終於來了。還清楚地記得那天是星期天，一個有風和陽光的好日子。那天中午，小芙背著書包，膽戰心驚地逃出家門，又一次拐進那個乾淨的街頭女廁。女廁裡坐著一個人，小芙在她的對面選了一個池子坐下了，乾巴巴地看著她。也許是小芙直愣愣的眼神讓那人厭惡了，她皺著眉頭，不一會兒就起身走了。

這個時刻終於來臨了，小芙的心又是一陣狂跳，她側耳傾聽著，廁所內外萬籟俱寂。小芙戰戰兢兢地拿出來兩張紙片，是從練習簿上裁下的方格紙，迅速塞進自己的小褲衩內，然後拎起褲子，若無其事地來到大街上。

街上永遠是車來人往，城市沾滿灰塵。八〇年代初，大膽些的青年開始穿上喇叭褲，戴著墨鏡在街上招搖。沒有人注意到小芙。她的短褲內煞有介事地躺著兩張方格紙。她要她的身體流血！她要這個世界一直壞下去，壞下去，永不翻身。

街上有人唱「大刀向敵人頭上砍去」，群雄激憤。小芙踩著這革命的節奏，雄赳赳氣昂昂地走在大街上。她挺起扁平的小胸脯，她的眼裡含著淚，落地有聲地大踏步前進。

她後來想，大人們一定覺得她好笑極了，因為有不少人駐足，回頭打量著她。他們的臉上有可惡的笑容。然而小芙不在乎，她走了整整一下午，她一點點地高亢著，一點點地死了。

她是費了很大的勇氣才決定到廁所驗證一下。這個過程對她來說不啻是一種謀殺，那方格紙被她從短褲內抽出來時，她睜開了一隻眼睛，她立刻尖叫了一聲，哭了起來：那方格紙仍乾乾淨淨地躺在那兒，什麼事也沒有。

在那漫長的等待中，小芙已經放棄了等待。她母親說她枯燥、呆板，沒有一點活氣。她沒有朋友，丟失了學校和家庭。在學校裡她是個可有可無的學生，老師從來記不住她的名字。在家裡，父母只是以一種同情和憂慮的眼光看她，他們讓她厭惡。她和炯惱了很多年，他們自從那年夏天以後極少交談。炯是安靜的，他每天穿著乾淨的白球鞋上學。他是三好學生，被老師視為天才，是祖國的未來和希望，是每個女孩子關注的焦點。然而只有小芙知道他什麼都不是。她知道他是誰。

小芙十六歲初潮來時，竟慌得手足無措。她當時一下子沒有反應過來，弄不明白這是怎麼回事。她害怕得哭了起來。母親欣喜地告訴她：「你成人了。」母親說這話時一定很幸福，有種如釋重負的感覺。她由此可以放下心來，小芙還是個健康的女孩子。母親慢條斯理地教她一些常識，如怎樣飲食，怎樣注意衛生——

小芙突然不舒服起來，又一次想反胃嘔吐。她鄭重地、虛心禮貌地忍受母親喋喋不休的賣弄，覺得自己從自己的身體內走出來。走遠了，再也不會回來了。

鄉村、窮親戚和愛情

一

我們這個家族基本上都是窮人，他們分布於江淮一帶，世代以務農、捕魚為生。你也許在電視上曾見過這樣的畫面，在廣袤的江淮平原上，有很多星羅棋布的小河流，它們交叉，會合，在平原上流淌。

村舍掩映在綠蔭之中，尖尖的紅屋頂的房子。江淮一帶的民居，大多是這種樣式的磚瓦房，它們踏實，平安，祖祖輩輩在這裡生活，於心平氣和中偶爾也會露出一點不老實。那屋簷是上翹的，做成精緻的流線型，俗稱「飛簷」。那磚紅色的牆和房頂，也透著中國民俗特有的「喜氣」。

在這裡，哪條河流不縈繞著村莊？河水是流動的，清澈見底。河水也可以飲用，常見人擔著兩桶水，輕快地走在村路上。夏天的時候，孩子們光著身子在河裡嬉戲，婦女們在這裡漂洗衣服，牧童躺在河邊的草地睡著了。

這是真的，如果你走在江淮農村，你一定會看見這樣的圖景。世世代代的人民在這裡生活，他們耕作，捕撈，通婚，生育；這是他們賴以生存的肥沃土壤，這裡埋藏著他們的生老病死，百年如一日、向前湧動的日常生活，人世的情感，悲歡離合，世態炎涼。

汽車載著你，駛過了這片土地，一窗子的藍天和樹木，在你眼前靜靜地伸展，延續數百里；春天的田野上，麥子和油菜花盛開了，一片黃，一片綠，色彩是那樣的鮮明，飽滿，招搖。

如果你恰好走進了一個村莊，你就會看見，家家戶戶的門窗都開著，家家戶戶的門前有草垛，菜園子，豬圈；屋後有茅廁。

你還會看見一些人物，他們都是地道的江淮農民，他們害羞，含蓄，見了生人了，眼睛待看不看的；也有一些小孩子，蹦蹦跳跳地說著江淮方言，他們尾隨著你，就像影子一樣，跟著你從一戶人家走過了另一戶人家。

正是農閒季節，村莊好像睡著了。村莊是那樣的安靜，祥和，老人們蹲在草垛旁，抽著旱菸，有一搭無一搭地說起了農事。有一瞬間，他們的眼睛是看到陽光裡去了，陽光是癢的，他們瞇縫起眼睛，笑了。他們的笑容是那樣的單純，很深很深的滄桑的皺紋，無盡的歲月從其間流過了。在那一刻，他們的笑容幾乎是浮面的，慣性的，不觸及感情的。

有一個農婦，從院子裡走出來，懷裡端著一盆豬飼料，她一邊「嚕嚕嚕」地叫喚著，一邊朝豬圈走去了。

這時節，你是看不見姑娘的。她們大多躲在閨房裡，靜靜地做著針線活。她們繡荷包，衲鞋底，織毛線衣，踩縫紉機……總之，一代又一代的姑娘，就是這樣躲在閨房裡，感覺到這個世界的變化莫測。時代在前進，她們手裡的針線活，已由手工縫製改為機械操作——可是心思，到底還是從前的那些心思啊。才過了十八、九歲，已到了說婆家的年紀了，她們有了自己的心事，無限的憧憬和惆悵。——這種事，到底是不踏實的。

她們大多長得很美，有的也不是漂亮，只不過是清楚，明朗，和平，她們的眉宇間有一種動人的姿態。當你走在江淮的鄉間，看見一個姑娘迎面走過來，她衣衫整潔，神態矜持而從容；如果你打量著她，她就會低下頭，羞澀地、迅疾地走過了。

你也許會覺得奇怪，一草一木，萬物生靈，在這片土地上，呈現出一種別樣的、活潑的姿勢。它們是那樣的和諧，具有某種樸素的美質。那是因為，你愛上了這片土地，你與它們緊密地聯繫在一起了。

我剛才說過，我們這個家族基本上都是窮人，他們分布於江淮一帶。在一百多年前，他們從山東遷徙而至，輾轉安徽，至江蘇，從此安居了下來。他們婚喪嫁娶，生育繁殖，就這樣度過了一個世紀。

我們家族的窮，是有淵源，有歷史的，那是典型中國農民式的窮，單調，灰暗，沒有幻想。他們以土地為生，窮也窮得安樂、坦然，彷彿生來如此，並不心酸。到了我爺爺這一支，情況略有改觀。

我爺爺在三、四〇年代參加了革命，他組織了武裝游擊隊，打土豪劣紳，也殺過日本人和國軍。後來，他成為一名職業革命者，加入了中國共產黨。解放以後，他被分了一官半職，最盛世的時候，他曾做過地委的組織部長；曾有消息說，他與市長這個職位失之交臂。——當然了，這也許只是謠傳。

對於我們家族來說，我爺爺最大的貢獻就在於，他把這個家族的一支帶出了鄉村，走向城市。他們是他的嫡系子孫，在城裡出生，長大，接受教育。總之，這個家族就這樣被分離了，其中的一支遠離了土地。

到了我和弟弟這一代，我們已經完全地被改造了。我們開始過上富足的生活，有身分和地位。我們衣著優雅，談吐精緻，性情敏感而害羞。我們懼怕勞動，體質柔弱，總之，我們與那片土地的連結少了，淡了。我們的感情冷卻了。

我們家族的其他人，仍滯留在本土，他們勇敢地、忠誠地面對貧窮，過著百年如一日的生活。偶爾，他們到城裡來了，買臺電視機，採購結婚用品，或者買輛手扶拖拉機，總不免要來我們家看看。他們坐在客廳的沙發上，穿著嶄新的衣衫，藍卡其中山裝的風紀釦，緊緊地卡在脖子上。他們的布鞋也是新做的。他們的神情多少有些靦腆和侷促，他們從布袋裡掏出旱菸，在腿上輕輕地磕著。一下子也不知說什麼好。

想起來，大家都是親戚，他們血液的一部分，也在我們的身上洶湧地流淌。他們都是地道的農民，在鄉間生龍活虎慣了的，一向也是落落大方的，可是一旦離開那片土地，來到城裡，他們全變了。面對似曾相識的親人，他們變得緊張，生澀，他們那孩子氣的、單純的面容，——那些經過貧窮，歲月的磨難，在陽光和泥土裡浸染了許多年而仍舊活潑的面容，在那一刻突然不安了，他們變得拘謹，缺乏自信，他們的神情幾乎是死的，呆板的。

我們家族還有一些女人們，有時候，她們也會跟著自己的男人，來到城裡。如果放在鄉間看，她們也是體面人，她們衣衫得體，舉止莊重，她們的容顏甚至稱得上是清秀。你在鄉間，到處會看見這樣的年輕婦女，她們走在藍天底下，田埂上，她們穿著素色的碎花布衫，步履輕快，神態安詳。她們融入到環境裡去了，她們與鄉村的環境是那樣的協調，和睦，親為一體。

可是當她們來到城裡，她們就顯得有些土氣了。她們走在街道和樓群之間，顯得那樣的格格不入，相形見絀；雖然也穿著西裝，瘦身褲子，黑皮鞋，雖然她們的神態是那樣的明淨，祥和，看上去並不謙卑，可是你一眼就認出來，她們是鄉下人。她們的容顏裡有一種氣息，那是一種土地的氣息，它浸入到她們的肌膚和血液裡去了。

這就是我們家族的窮親戚們，當他們寒寒縮縮地坐在我們家的客廳裡，這時候，你就會對他們懷有某種惻隱之心，或者心生憐憫；總之，那是一種很微妙的情感，不是喜歡，也談不上討厭，你只是覺得，客廳裡憑空多了一件物體，顯得有些異樣。

常常地，我放學回家了（那時我念中學），看見家門口放著一輛破舊的自行車，我就知道，家裡又來了窮親戚。我母親向我介紹說，這是你表大爺家的三哥，這是你表嬸。

我點點頭，照例在客廳裡站了會兒；他們也站起來了，非常侷促地，他們的臉上堆起了菊花的笑紋，說道，這是小敏吧，才幾年不見，就長成大姑娘了。

我母親說，快坐下，她小孩子家，不值得這樣子的。

他們便坐下了，扯扯衣角，不時地拿眼睛打量著我，一下子也想不起要說什麼，低著頭暗淡地笑著。我站在陰暗的客廳拐角，看見窗戶外一片灰色的天空，天快下雨了吧？鄰居家的衣服在陽臺上飄揚，有鴿子從灰天下飛過了。

我有些難過起來。客廳裡的空氣是那樣的僵硬，生疏，我知道，那是因為我的存在。也不是緊張，只是黯然。長時間沒有話語，腦子裡是空的，身體完全多餘。人都很善良，也有情感，可是完全不是這樣子的，完全不是。

我離開了客廳，回到自己的房裡，甚至覺得沮喪了。天真冷呵，手凍得青白，蜷縮著像隻雞爪子；很多年後，想起我們家的窮親戚們，總能引起我生理上類似的反應。

我確實知道，在我和他們之間，隔著一條很深的河流，也許終生難以跨越。想起來，我們的祖輩曾在同一片土地上生活，我們的血液曾經相互錯綜，沸騰地流淌。現在，我眼見著它冷卻了下來，它斷了，就要睡著了。

對這一切，我們能有什麼辦法呢？

他們來我們家，至多也不過是坐坐，吃上一頓飯，說些家常話，就走了。每次也不是空手來，總是帶些東西，新打的稻米，剛起的花生，都是自家責任田裡產的，也不花什麼錢，完全是一片心意。

賣粉絲的人家送來粉絲，做豆腐的人家送來豆腐。臘月的天氣，已近年關了，他們騎自行車趕百十里的路，來到城裡，單單是為賣個好價錢。大清早，他們敲開我們家的門，不由分說，撂下一籠豆腐就走了。

我母親跟在後面，袖著雙手，身體冷得直哆嗦，說道，送這個來幹什麼，快拿去賣了，給媳婦孩子添件衣服。

他們說，要賣的在這兒呢，這籠豆腐是單給嬸子家做的，不賣的。是連夜趕出來的，你掀開籠布摸摸，還溫著呢。快做了吃罷，雖不金貴，味道卻好。過年過節也沒什麼好孝敬的，就這點心意，嬸子快莫客氣。

他們推著自行車就要走了，擤了一下鼻涕，拿手指在棉衣上蹭了蹭。又緊了一下圍脖，拿頭巾包住了臉，單只露出一雙眼睛和凍得發紅的鼻子。

我母親說，中午來家吃飯呵。他們已經走遠了。

他們中的大部分人，是不來家裡吃飯的，因為敏感和自尊，這是我們家族的傳統。我們家族的人，不管是窮人還是富人，骨子裡都是尊貴的，這是從血液深處帶下來的，沒法子改變的。他們可以送你一籠豆腐，一麻袋蘿蔔，半隻綿羊，他們是心甘情願的，本心也是愉悅的。他們不想因為這個而接受感激。

我父母要是客氣了，他們就會紅了臉，說道，大哥大嫂，快別這樣說。都是親戚，換了別人家，我還不送呢。再說，以後也許還有事求著你們呢。——就當我留一份人情在這兒，將來你還我還不行吧？因笑了起來。

這說的是真話，真話也說得如此漂亮，地道，得體。這裡頭有「中國式」的人情世故，做人的精細和含蓄，微妙的利益關係……總之，一切全在裡面了。

這時候，他們的神情也放鬆了，語氣也輕快了，他們重新獲得了信心；付出讓他們如此愉快，付出讓他們感覺到人的尊嚴。——這就是我們家族的窮親戚們，他們淳樸，平安，弱小，也尊貴。

二

陳平子也是我們家族的窮親戚，他是我爺爺的姪孫，屬於父系的那一支。他父親早逝，母親不守婦道，丟下他們兄弟三個，隨一個外鄉男人遠走他鄉。那一年，陳平子已有二十歲了。

他是家族的長孫，為人厚道而沉默。略通文墨，大概是小學畢業吧，或者初中，我也不很清楚。他長相清秀，身材偉岸，雖是三十多歲的人了，看上去並不見老，顯年輕。

他的衣著很樸素，甚至有點隨意。有一年春節，他來我們家，竟穿著田間勞動服，還打了補丁，嚇了我們一跳。我母親說，陳平了，你就到這副田地了？也沒件新衣服？

他說，有。不想穿。你讓我穿什麼？穿中山裝，還是西服？我看見鄉下人穿西服就煩，又不合身分，又土氣。

這倒是真的，陳平子不土氣。雖然穿打補丁的衣服，看上去也像個農民，可他身上有一種氣質。氣質是什麼，我也說不清楚。總之，他相貌堂堂。有一次，我母親歎道，這麼一個帥小夥子，命卻不好，又窮，又留不住媳婦。

陳平子三十多歲才結婚，是一個外鄉女人，也許是買來的吧？家裡蓋了三間瓦房，也有幾畝薄產。可是現如今，農民靠土地為生，已經很難維持了，過得磕磕絆絆的。只是窮。漫無邊際的窮，再窮下去，就安心了，不再抗爭了。

陳平子能吃苦，腦子也活絡。他經營起莊稼來，可不省力氣，又是耕種，又是收割，再是天寒地凍，他也要去田裡看看。農閒季節呢，他就打短工，為人蓋房子，砌磚，彌縫，他是個好瓦工呢。誰家遇上紅白喜事了，他便給人出謀畫策，關於風俗和細節，怎樣鬧新娘子，怎樣討喜錢不為過分；何時出殯，兒孫們站在哪裡，媳婦們什麼時候哭喪，他全懂。他給的建議也極妥當，富有人情味。

也是在紅白喜事期間，他給人家當廚子。他置辦酒席，從買菜，到燒飯，到洗涮，他裡裡外外一把手呢。你沒看見過陳平子繫著白圍裙的樣子，他乾淨，清爽，他在灶間忙碌，大聲吆喝著。偶爾閒下來，他在庭院裡站著，靜靜地點燃了一根菸。他倚在廊柱上，噘著嘴逗樹杈間的鳥雀說話。

你能想像這樣一個鄉村青年嗎，他貧窮，安靜，有種不自知的快樂。他坐下來，看地上的一個小姑娘在畫圓圈。他逗她說一些無聊的話，自己先笑起來。小姑娘也不搭理他。他又說，哎，給我講講新娘子。小姑娘說，有什麼好講的，待會兒你自己看就成了。

陳平子笑道，你新嫂子長得漂亮嗎？

小姑娘說，眼睛大，就是胖了點。

陳平子說，胖好。

小姑娘抬起頭來看他，很不以為然地說，胖有什麼好？

陳平子細細地瞇起眼睛，一臉的壞笑，說，你小孩子家不懂得，女人還是胖的好。

他側過頭去看堂屋的酒席，下午的陽光落在門框裡的地磚上。有一個男人側過頭來擤鼻涕。席間有人在猜拳，隔著圓桌，雙手比畫著，臉脹得通紅。陳平子只是微笑著。

結婚已有一些年頭了，陳平子還能記得，那天自己做新郎官的時候，臉上寒縮的笑容。他在庭院裡走著，看看這，看看那，說不上兩句話，又被人扯開了。他覺得歡喜，可是那歡喜也是茫然的，空洞的，虛飄的，也不知該做些什麼。身子被分成了幾截，在陽光底下，只是忙亂，紛擾，有片刻的清醒，一點一滴的，全是不相干的。

他女人是兩年前失蹤的。她原本是外鄉人，來無蹤，去無影，陳平子也沒去找。他知道她再也不會回來了。他帶著五歲的女兒過活。——他原本再想要個兒子的。

陳平子覺得羞愧。有很長一段時間，他兒人抬不起頭來。他把自己關在院子裡，一天天地曬太陽。他坐在屋簷底下，袖著手，身體蜷縮得像一隻軟體動物。晌午到了，他起身去廚房弄吃的，他女兒跟在他身後，抱著柴禾，往灶裡擦火。

大約有一個星期時間，陳平子不敢回房睡覺。他女人瘦，乾癟，邋遢，陳平子喜歡豐腴一些的女人。起先，他嫌她不夠好看，就有族人出來說話了。大意是，能娶上媳婦就不錯了，哪裡容他橫挑豎揀的。漂亮能當飯吃？他陳平子漂亮，卻打了三十多年的光棍！這話怎麼說？也有一些年輕後生對陳平子耳語道，你沒經歷過，關鍵不在胖和瘦……陳平子便笑了。

即便隔了兩年，陳平子還能想起她的身體。她給予他的好處，她躺在他的腳頭，她瘦小的懷裡的溫暖。

起先是因為自尊，也疼惜他自己；後來呢，就疼惜錢財了。這是真的，他娶親花了兩萬多塊錢，又是造房子，又是聘禮，他欠著債呢。

我聽我母親說，陳平子曾去過深圳，在建築工地當瓦工，後因工頭剋扣工資，半年以後又回來了。說起深圳，陳平子總是搖頭歎息。顯然，他不太適應那個城市。他拘謹，貧困，沒有尊嚴，也看不見希望。而且，他也不夠狡智。

總之，這是一個農民在城市的遭遇。他失敗了，帶著羞辱，空手而歸。他又回到了自己貧瘠的土地上。在這裡，他被養育了三十年，他娶妻蔭子，他的祖祖輩輩曾在這裡天馬行空地生活過，死了也安靜地躺在這裡。

他又操起了老本行，做瓦工，當廚子。一切是那樣的熟能生巧，他做活能做出樂趣來。每一道工序，他深諳它的拐彎抹角處。大到結構的掌控，小到細節的雕琢，他總是得心應手。

他有著一個工匠的責任心和道德感。況且，他是自由和快樂的；窮當然還是窮的。

他說著家鄉話。爬上屋簷蓋瓦，聽著人們在說笑話，他也會插上一兩句，咧著嘴不動聲色地笑著。他是有點冷幽默的。

村路上有姑娘走過來了，他看著，並不像別人那樣起鬨，搭訕，垂涎。喜歡也是喜歡的，他覺得愉悅。已是春天了，從屋頂往下看，只見得遍地的田野，綠油油的，風吹過來麥子和泥土的清香，他感覺到一種飽滿的、結實的氣息。那是豐收、富裕的氣息，他覺得安全。

他人緣極好，不是個枯燥的人，也知道人情味和做事的分寸感。逢著村人遇著婚喪嫁娶，他被請去當廚子，喪事是不收錢的，純粹幫忙。喜事呢，不但收錢，喜糖喜菸都拿雙份的。他說，我是廚子……托一只不鏽鋼盤直送到新娘臉上。只在這時，他才是恣意妄為和蠻橫的。眾人都笑。

家主就說，新娘子給錢吧（我們當地的風俗，廚子的佣金是由新娘付的）。新娘從皮箱裡取出紅包，放進托盤裡，仍回坐到床沿上。陳平子拆開看了，把托盤往新娘懷裡一塞，緊靠著新娘坐了。他拿手臂抵抵新娘，輕聲慢語地說（他的聲音很是蝕骨銷魂），你不給錢，是不是想留我過宿呀？鬧房的人圍了一圈，嬉笑著看熱鬧，也有乘機去摸新娘臉的，氣氛更熱鬧了。

新娘子臉紅了，禁不住別人笑話，又添加一份。陳平子仍不依不饒。就這樣，一個討價一個還價，彼此都不覺得過分，眾人也歡喜。

總之，這就是陳平子的鄉村生活。每次我父母下鄉出禮，總是給我帶回一些鄉野趣聞，還有窮親戚們的訊息，這其中也包括陳平子。他就這樣在鄉間度過了一年又一年。他慢慢地長大成人，他情竇初開了，他的青春期是一晃而過的，裡頭有很多細密的心思，他已經記不起來了。他結婚了，有了女兒，妻子走失了。他母親早在很多年前就跟人野合了。他蒙受著貧困、羞辱和種種痛苦。可是在某個瞬間裡，也有很多日常的喜悅，一點一滴的聚起來，成了歡騰。他享受著，並感激，並忘卻。

陳平子很快從他婚姻的不幸裡走出來了。他帶著女兒過活，又當爹又當媽，雖辛勞，抱怨，倒也平淡，恬靜。農閒季節，偶爾出去打打小牌也是有的。

他沒有再娶，我想可能是出於經濟考慮。日子照樣的窮，債務永遠也還不清。可是日子還是向前的，一天天地，女兒大了，上小學了。他說，借錢也要供她讀書，讀到她讀不下去為止。

那些年他偶爾來我們家走動，我父母要是問起了，他也會說起生計。他說，賣了兩頭豬，還了後莊老楊家的錢，明年再還獨眼龍的錢……他的口氣是那樣的淡然，尊嚴，聽不出一點悲傷。他對生活是有希望的，適可而止的那種，不更多一點，也不更少。

我母親勸他外出打工，早日把債務還了，積攢點錢再討個女人回來。他坐在牆角笑了。顯然，他對這個建議是否定的。他知道自己適應什麼樣的生活，應該待在什麼地方。他說，在鄉間住慣了的……他搖了搖頭。

我想，他和那片土地已經融合了。到底是什麼使他們更深地聯繫在一起，彼此不分離？是相宜度嗎？是感情？還是慣性？也許是因為膽怯吧？不上進，懶惰，保守，忠於貧窮，鄉間能夠滋養這種情緒的。

那時候，我並不理解陳平子，也不理解一個人對於土地的親近感，是地久天長，一天天培養起來的。那幾乎也是從血液裡帶下來的。試想，祖祖輩輩在這裡生長，死了也融化成泥土的一部分。土地就像屏障，有了它，人世才安全，可以託付和依賴。屏障外面的世界與他們是不相干的。屏障裡面呢，有廣闊無垠的天地。每個人都辛勞著，有很多不如意，也坦白而快活，也生動，也自由。

這就是我的窮鄉僻壤，窮人們在為生計發愁。更年輕的一輩人外出打工了，有的人滯留在城市，更多的孩子回到了本土。他們帶回來新鮮的氣息。一開始，他們的衣著和話語簡直讓那些老派的人看不慣！什麼玩意兒！他們抽著旱菸，從胸腔裡吐出憤然的氣息。

天長日久，那些孩子們也長人了，本分了，年輕時的氣盛和理想被那片土地吸收了。他們回歸到日常生活裡去。也看慣了很多東西，男盜女娼，刁民惡習……城市裡的一切離他們遠去了。摩天大廈，紅歌星的演唱會，很有點異域風情的海濱椰林……那不是他們的東西，記得當然是記得的。

我父親有一次說起家鄉，以一種純知識分子的口吻、很憂慮地；他說，現代化的進程會很慢，簡直沒有希望……不是因為貧窮；是人；是土地裡固有的一些東西。

可是什麼是土地裡固有的東西，我當時也不甚明白。

那些年我十六、七歲，就讀於省重點中學。我在城裡出生，長大；微弱的一點鄉村記憶，也是隨父母去「下放地」才有的，我並不以為，我與那片土地有太多的連結；誠然，我的祖、父輩曾在那裡生活過，他們接受過土地的恩澤，可那與我有什麼關係呢？

我不喜歡家裡來窮親戚。那些年，常有鄉下人來我們家走動，七彎八拐，都夠得上是「親戚」了。有的我也沒見過，甚至叫不上名目。

因為窮親戚多，我們家總是門庭若市。隔三差五地，這個走了，那個又來了。有時候一天之內，家裡來數門窮親戚也是有的。

他們來我們家坐坐，送來一些土特產品，和我父母說些家常。有的是家裡遇著事了：婆媳糾紛，兄弟失和；因為地界和鄰里鬧矛盾了，夠得上吃官司的，來我們家託關係通融。甚至還有一些怯弱愚鈍的窮親戚，連兒女婚戀、進城買臺電視機，也要來和我父母商議、由我父母陪同著去買。總之，為這類雞毛蒜皮的小事來我們家的窮親戚，絡繹不絕。

而與此同時，我在另一個世界裡生活，富裕，尊貴，有了知識和新的情感。做解析幾何題，讀叔本華傳。夏天約女友們去吃霜淇淋，坐在沿街的櫥窗裡看風景。偶爾也談些什麼，交換著心事，吃吃地笑著。

我們相約，要離開自己的小城，考上北大和清華，去大洋彼岸的美國，開飆車，談戀愛，生孩子。總之，要享受精神和物質，要像浮萍那樣漂著，死了也要葬在美國。

而且我早戀了，是高年級的一個男生，打得一手好籃球。高趒，秀朗，家境優越。想起來，我這一生也經歷過一些男子和恩愛，無數次的戀愛就像一場戀愛，因為男子都是一種類型的。他們生活在城市，向上，向善，文明和教養在他們身上投下了影子。我再沒想到，在我二十八歲那年，我會遇上另一場戀愛，他生活在鄉村，他與土地相關聯。這是後話。

我還能記得在那些日子裡，我和男友走在城市的街道上，看完了電影，談完了理想和人生，他送我回家。家裡的客廳裡坐著窮親戚。

我看見我的理想與現實怎樣決裂地分開來，就像一個諷刺。我母親叫住我，笑道，這是陳平子，你怎麼也不叫表哥？我客氣地微笑著，我自己也曉得，我的笑容是浮面的，假的，僵硬的。陳平子從沙發裡欠了欠身子，笑道，放學了？他輕聲地咳嗽兩聲。我看得出他的拘謹和不自在。我想，我的冷漠也許足夠讓他寒心吧？

他是那樣一個敏感而自尊的人，因為窮，一點細微末節的好意和傷害都能感覺到。他倍加小心了。偶爾到城裡，也是禮節性地來拜訪，送些時令特產，只和我父母說些家常。他很少有事來麻煩我們家，也絕不留下吃飯。看見我和弟弟放學回家了，他就走了。他大約也知道，我們是冷漠的。下一代人的鄉村情結是越來越少了。

我母親過意不去，送他些舊衣衫。他訕訕地站在一旁，竭力推辭著。他不是客氣，他是真的不想要。他覺得難堪了。

我站在一旁，因為他的存在，感覺到周圍的空氣是那樣的黯淡，往下沉，直沉到泥土裡去。原來，鄉村和貧困是這樣一種東西，它讓人揪心，不愉快，無奈；它讓人麻木，變得意志消沉。

在我的少女時代，一看見家裡來窮親戚，我就變得意志消沉。他們於我，就像一個物體的兩面，一面是向上飛騰的，一面是往下墜落的。它們互相牽扯著，誰也脫不了干係。我感覺到我身體裡的一部分力量走了，有一種東西沉澱了下來。

我向我母親哭訴著，我不喜歡家裡來窮親戚，我也不想看見他們。我弟弟也嘟囔著。——他不喜歡和窮親戚一起吃飯。

我父母站在一旁，暗淡地笑著。他們奇怪下一代人竟是這樣冷漠無情，雖然和土地沒有接觸過，但是人畢竟是人呵。我父親說，我也是農民的兒子，你爺爺現在就躺在那片土地上。在中國，誰敢說自己和土地沒有關聯？都是親戚，何苦來？你們血液的一部分是相通的，脫不了干係的。

我冷冷地聽著，沒有搭話。我知道自己是要往前走的，會丟棄掉很多東西。我血液裡有一部分東西是凝固的，它冷卻了下來。那就如河流的分叉，很多年前，我們在同一條母河上流淌；後來分叉了，其中的一支匯入大海，另一支流向荒野。

我們每個人都無能為力。我對我父親說，這是趨勢，只會越來越遙遠，你幫不了他們。與其看他們吃力，受苦，不如遠離他們。這不是自私，這是善良。

我父親搖頭歎道，這不是幫助的問題——他們也不需要幫助；這是維繫。你不懂的。也許有一天你長大了，需要回過頭去追溯自己的來由……

我母親說，每次家裡來親戚，必有一場大鬧——她轉向我和弟弟：你們撂臉色給誰看呢？你們教人寒心哪！

我也覺得寒心。是冬天的晌午，陽光落在客廳裡一片一片的。窮親戚剛走，客廳裡留有他們的氣息：劣質菸味，侷促不安的笑容，沾有泥土的腳印子。家裡一片狼藉：碗筷堆在水池裡，衣櫥是打開的，窮親戚沒拿走的舊衣衫堆在床上。一切全亂了套。接濟者的寬厚慈悲，被接濟者的難堪困窘。我恨他們。

我蜷縮在客廳的角落裡，摀著胸口。想起家族裡的窮親戚，只覺得無力，灰敗。還在生著氣，心一點點地往下沉，貧困卑微是那樣消磨人的意志。天是冷的；因為沒有吃飯（每次家裡留窮親戚吃飯，我和弟弟便惡意絕食），肚子是空的；因為發過脾氣，所以覺得愧疚。陽光一片片的，全是不相干的。

我覺得我的理想被擊碎了，在那一刻，他們是我的一部分現實。他們躺在我的血液裡，是那樣的安靜，溫綿，他們帶我一點點沉了下去。

三

我底下要說的這則愛情，跟前兩章沒有太多關聯。它們不是因果關係。

很多年後，我終於從我的小城走出來了。我沒有考上北大和清華，也沒能去美國。我生活在南京，謝天謝地，我理想的一部分得以實現了。我在過物質生活，也馬不停蹄地談戀愛。幾乎是走馬觀花的，我和異性相處，也獲得愉悅。

我不以為我的愛情是值得記錄的，那都是一個模子裡出來的。我說過，無數次的戀愛在於我，就像一次戀愛。一步步地往前走著，說不定哪天就遇上了一個男人，那又會怎樣呢？也許會擦肩而過，也許呢，會「攜子之手」。總之，就是這樣子了。

所遭遇的場景，兩個人最初的喜悅，甚至說話方式，種種微妙的細節……事後想起來，都有可能是相同的。你和一個男人走過這條小街，和另一個男人走過那條小街；也許你帶他們去過同一家購物中心——真的，已經記不起來了。

他們大體上都是一類男人，有的也不是好看，有的並不富有，但是——怎麼說呢，真是一類男人的。很多年後，他們的面容也模糊了，想起來的時候就像一個人。所有的傷心和盟誓都過去了，人和人之間的溫暖，那些感動和信任……也不值一提了。你只會在笑談間一帶而過。

戀愛就是這樣子的吧？知道是在重複，也沒多大意思，可是能上癮的。愉悅當然是愉悅的。

這就是這麼多年來我的現實生活，我沿著少年時的足跡一路狂奔，向前，再向前，很茫然的，也隨手丟棄了很多東西。我知道自己是無情的。在我長大成人的這十年間，中國發生了天翻地覆的變化。城鄉差別拉大了，那就如一條鴻溝，彼此站在兩岸遙相對望，靜靜地對峙著。它們各自往深處走遠了。

至於我自己呢，一如既往地貪圖富貴享樂。我沉浸在都市裡，享受文明和現代化的一切。我一年年地虛度年華，上班，賺錢，身穿華服，談戀愛。我沒什麼志向，也缺少幻想。

「鄉村」離我越來越遠了，就像夢境。談不上有什麼感情，也不很厭惡。總之，完全是不相干的。小時候被我厭棄的窮親戚，十年間我也沒有見到他們。有時候在街上看見一個鄉下人，面色蒼黃，扛著鋪蓋慌張地走著，我就會想起家族裡的窮親戚，有種惻隱之心。

我說過，個人是無能為力的，貧窮衰敗是那樣鐵錚錚的事實，讓人滿心不悅。我不想見到他們。我們終將是擦肩而過的，很禮貌地，客氣地，我側過身體，我們各自走過去了。

我二十八歲那年，我奶奶死了。按照當地的風俗，我們把她的骨灰送回鄉下，和爺爺合葬，這在民間叫「合墳」。家裡舉行了盛葬儀式，車隊像河流，緩緩地駛出小城，流向鄉村。

這是我二十多年來第一次回鄉下，我得以看見了我的窮鄉僻壤，還有窮親戚們。那麼多，他們穿著喪服，悲哀的臉在陽光底下靜鑄著，就像大理石雕塑。他們站在村口迎接，密密挨挨地擠成一團，也有探頭張望的，也有彎腰繫鞋帶的。

他們迎上來了，拉著我父母的手，安慰著。有三、五個壯勞力，拿著扁擔、鐵鍬帶頭向田野走去了。我們跟在後面。也有一些窮親戚過來和我搭訕，這其中就有陳平子。他叫我小敏，他說，你還記得我嗎？常去你家的，那時你還小，有這麼高吧——他用手比畫著。

我說記得。我側過頭去看他，十多年過去了，時間在他身上沒有留下太多的痕跡。他依然那麼年輕，三十出頭的樣子。剛毅俊秀的臉龐是冷的，貼切的，也幾乎沒有表情。

他說，有很多年沒見了，你都長成大姑娘了。

我突然羞赧了。低聲地、愧疚地說道，小時候不懂事……

他似乎是沒聽見，把頭側向田野，瞇縫起眼睛。他說，常回來看看。你爺爺就躺在這裡，他的墳是我填的，現在你奶奶也來了。你父親、叔叔也在這裡長大的，那時我們玩得很好。

我低下頭，拿手撥弄著鬢髮。我的眼淚淌下來了。只有我自己知道，我的心堵得慌，我的喉嚨澀得發疼。我在陽光底下靜立，陳平子站在身旁等我。他的影子打在我的身體上。

他說，別難過，人總是要死的。你奶奶活了八十多，想起來是值得慶賀的。

我說，是值得慶賀的……我抬起頭來，在淚眼婆娑中，看見一片片的陽光，原野上的小徑，村莊，一兩戶新貴人家豎起的樓房，還有村口的代銷店。幾個老農蹲在小店門口曬太陽，一個梳著抓髻的小女孩踮起腳，趴在小店的窗洞裡，似乎張望、指點著什麼。

風從村莊深處吹過來，是陽春三月的風，帶有麥田青草的氣息。雖是喪日，我的眼淚也讓我覺得汗顏、吃力。我不願意承認，我對這片土地有了感情。它從來就躺在我的身體裡，它是我血脈的一部分。很多年來，它睡著了。

你沒有到過鄉野，你也不是鄉村子弟的孩子，——假如你的爺爺奶奶沒有葬在這裡，你就很難理解這種感情。它幾乎是一觸即發的，不需要背景和解釋，也沒有理由。你只需站在這片土地上，看見活潑、古老的世風，看見一代代在這裡生長的子民，你就會覺得，有一種死去的東西在你身上復活了。

它來得如此突然，你竟沒有準備。你的軀體平靜地支撐著，在晌午的陽光底下，也會覺得陣陣寒冷。你在田野裡跪下了，衣衫和身體沾著青草的汁。你看著村人掘墳，把爺爺奶奶的骨灰撒在一起。墳被填上了，連同棺材，連同幾件貴重的衣衫和物品也燒了，一起埋了。

只在這時，你才能感覺到，你身體的一部分也跟著走了。你和死去的親人一起，把一些東西留在了這片土地上。

你跪在荒落的原野裡，拉都拉不起。你哭了，不發出聲音。拿牙齒咬住嘴唇，咬得疼，咬出血來。你蓬頭垢面。在眼睛的餘光裡，你看見血脈相連的一家人：父母和弟弟，弟弟的兒子——他才三歲，也跪在原野上，向空中「咕嘟咕嘟」地吹氣泡。還有叔叔和姑姑一家，還有那些窮親戚們。

那些窘迫的、飽嘗歲月和貧窮磨難的窮親戚呵，那一刻，他們也跪在原野上，呈一字排開。他們悲戚，也平靜。有一瞬間，他們的眼睛是看到陽光裡去了，那眼睛裡有老實和平安，有慈善，也有忠誠。——只在這時，你才會懂得，你和他們是骨血相親的，你和他們「在一起」。

我們借一個親戚家擺了宴席，由陳平子做廚子。我回去時，我母親正和陳平子坐在裡屋商量著什麼。我母親說，你也過來聽聽，風俗人情，將來用得著的。這是你表哥陳平子。

陳平子笑道，我們已經打過招呼了。

我母親說，老大不小了，至今還是單身一人，她自己是不急的，可急壞了我們。這話是對陳平子說的，他立在床頭櫃前，　隻腿微曲著。他略沉吟了一下，大約覺得不便說什麼，沉默了。

我坐在床沿上，拿手指剔另一隻手指的泥垢。我想起這麼多年來，我在城市的浪蕩生活。我不以為我是浪蕩的，可是沒有情感，走馬燈似地一個個換男朋友，只為了愉悅、彼此取暖，也許還有刺激和享樂。不是浪蕩又是什麼呢？

我想起那些男人們，從我生命裡像過客一樣流逝掉了，我從不疼惜，也絕不回憶。我說過，我是要往前走的，會隨手丟棄很多東西，最珍貴的，無關緊要的。

我拿愛情當作錢財一樣算計，吝惜得很。我從不承認我愛過他們，一樁樁愛情走後，我全盤否定。我甚至不承認，我為他們淌過眼淚，失望過，傷心過……唔，眼淚還是要承認的。可是眼淚能證明什麼呢？我打個響亮的榧子❶，或者攤開雙手，聳聳肩——就這樣，我走過去了。

這麼多年來，我就這樣過著可恥而墮落的生活。我把自己保護得滴水不漏。沒有任何一樣事物能讓我感動，所有的歡樂和傷痛都是暫時的，有代價的，也幾乎是浮面的。我知道。

我變得斤斤計較，做一切事情都會後悔，這其中也包括付出感情。

總之，在我二十八歲那年回鄉途中，當我置身於鄉野間，走上了一條小徑；當我跪下了，目送著我的爺爺奶奶躺在這裡；當我哭泣了，把手指插進鬆軟的泥土裡。——

當我最終和鄉親們融合在一起，和他們搭訕，交談，說一些最樸素的話；當我直面貧窮，感覺到心疼和隱痛；當我看見他們的貧窮背後，仍有著明淨的、開朗的笑容……我確實知道，我喜歡他們。有一種古老的情感在我身上復甦了。

當我坐在母親和陳平子之間，傾聽他們的談話；當我有時間來回憶自己的墮落生活，想起那些衣著優雅的男人們，和他們之間精緻的、虛無的談話，似是而非的微弱情感……不知為什麼，覺得那麼遙遠。我開始厭倦了，並皺眉頭。

當我看見陳平子的褲管落在我的眼睛裡；當他和我說話時，我抬起頭來，禮貌地、客氣地微笑著，而他卻側轉過頭……我就知道，有一些微妙的東西，在那一瞬間來到了我們的身體裡。

那幾乎是無法言說的，也沒有理由。所有的解釋都是不相干的。那是愛情，某個機關適時地打開了，存在於我和窮表哥陳平子之間。

我母親迅速地分派了任務，陳平子掌勺，我和弟弟負責上菜、招呼客人、清洗碗碟。陳平子走了，我和母親又坐了一會兒。我母親說，天可憐見！四十多歲的人了，還沒個女人。

我說，人倒是神清氣爽的，看不出頹敗。

我母親說，女兒都十六了，也輟學了。漿洗縫補，能照應他了。

我黯然地聽著，一時也找不出話語。我不知道陳平子怎樣度過了他這四十年，這四十年中的每一天，而他的每一天都是和我相關的。他的貧窮、窘迫和屈辱，他的明朗和純淨。他終究是個普通男人，一輩子無聲無息。我多麼想聽到他的一切，哪怕是片言隻字。我也想說起他，哪怕是僅僅提一下他的名字。

可是我母親走了。我在空洞的房間裡坐著，內心裡五湖四海，一片藍天。只有我自己知道，我正在愛著，它和我以往所有的愛情都不一樣。我不提防，可是內心有些緊張。我感到害怕嗎？

很多年後，我也捫心自問，這段感情來得真實嗎？它是否就像一個夢境？……在那正午的陽光底下，一切都被放大了，這虛弱的男女之情，一點一滴地聚攏起來，在一個春日的下午盛開了。它是否有足夠的基礎和保障？——它需要嗎？兩個處於隔離世界裡的男女，他們相遇了。他們

---

❶捻指作響，表示輕蔑之意。

原本是不相干的。

可是在那春天的村子裡，天地是曠遠而古老的，人是連在一起的。古老的太陽直直地照著，身上滋滋地冒出汗珠來。一切都是微小的，呈細節性的呈現，觸手可及的。

簡單，遠古，荒老。有著適宜的環境和情調，也有情感。敏感，微妙，善於感知……男女之間就是這樣子的吧？

我走出屋去，陳平子正在庭院裡忙碌著。他站在臨時搭建的灶臺前。他的背影堅實而寬厚。他的影子在太陽底下是小的。他回過頭來看我，笑道，別站著發呆，快過來幫忙。這是第一次，他以這種放鬆的、親熱的口氣跟我說話。

我踽踽地走上前去，立在他身旁袖手旁觀。隔著那麼近的距離，氣氛越來越不對了。我幾乎想逃。

陳平子讓我往灶臺裡點火，他看了我一眼，笑道，你會嗎？

我說會。我著手撿柴禾，冷靜地做著這一切。不再說話。我知道一件事情將會發生，而它已經發生了。這是事實。我不想逃避。因為發生在內心裡，也逃避不了。我只是盡可能地避免在我和陳平子之間，人為地建立一種親密無間的關係。我不喜歡，而且它也足夠危險。就像一切戀愛的開始，在那半明半暗的一瞬間，我害怕。

陳平子走過來了，他蹲在我身旁，把秸稈往後拉一拉，說道，哎，燒火是這樣子的。你把它往前頂，火順著煙囪全跑了，我還怎麼做菜？他笑了起來。

我也笑了，跳起來說道，我讓弟弟來燒，我不行的。我去那邊招呼一下客人。我抱歉地看著他，走了。自己也知道這一招很軟弱無能的，有殺傷力。

陳平子笑了笑。親愛的陳平子，那一刻他是那樣的無力和膽怯。他一定在自嘲吧？他在想，這麼一個女人——一切都是他在自作多情吧？

我走出庭院，看見很多披麻帶孝的人們，哀哀地站著，坐著，一團一團的，也有低頭抽旱菸的，也有說著話的。他們都是我的窮親戚，鄉親們。他們的神情緊緊地皺著。春日的陽光底下，人大約是倦了，有人開始打呵欠。

我叔叔和他少年時的夥伴蹲在樹蔭底下，說起了陳年往事。從前他們是玩得很好的朋友，一起逃學，去果園裡偷吃蘋果，被人一路追著……想起來，這一幕就在眼前。他們吃力地笑起來。

我的眼裡婆娑著淚水，我看著樹蔭底下的人們，以為自己隔著遙遠的距離，很努力地，我把眼睛瞇縫到陽光裡去。我看著四周的場景，一片一片的，像靜物寫生。許多像蟲子一樣的細節，一些細碎的話語……我看著，聽著，把它們記在心裡。

我想，即使有一天我會留在這裡，——為什麼不呢？因為愛情。我常常為愛情做出很多荒唐、衝動之舉，為什麼這次就不能呢？

我穿過院牆外的一條小徑，在一棵老樹底下站住了。我看見院牆裡嫋嫋地冒出炊煙來，我知道，那是陳平子在灶前灶後地忙碌著。他離我那麼近，越過院牆的窗戶，我甚至能看見他的身影。他彎著腰，正在自來水龍頭前接水。

這個勞碌的、庸常的男人，我愛他。我迅速地盤算著我的感情走向，是的，時間已經不多了，只有一個下午。吃完了飯，我就要和父母、叔叔一起回去了。車子已在村口等著。也許這一走，再也不會回來了，我和鄉村短暫的連結就此消亡了。我又回到我慣常的生活軌道上去，繼續和男人們周旋，過著麻木而墮落的生活。整個人的狀態是無情的，沒有幻想的，少活力的。我和陳平子的愛情就這麼無疾而終了嗎？

我們還沒有開始，也許永遠也不會。這並不遺憾。在我以往的情愛史中，像這樣擦肩而過的人太多了。可是這次總有一點不同。……是不同的。它讓我覺得疼惜。

在這多住幾天，也許是一年半載，也許是一生。嫁給他，照料他的生活，和爺爺奶奶相廝守。很多年後，自己也葬在這片土地上。……你不要以為我是矯情的，絕不是。那是我某個瞬間的理想，它真真切切地存在過。它在那個春日的晌午襲擊了我，擊垮了我，讓我覺得渾身乏力，讓我覺得精神振奮。

呵，和貧苦人一起生活，忠誠於貧苦。和他們一起生生息息，最終成為他們中的一分子。這都是我的想像，可是這樣的想像能讓我狂熱。

你再也不會想到這樣的場景。一個城市女人倚在老樹幹上，她四周的環境是曠朗的，看不見什麼人。藍天白雲，堅實的土地。有風從麥田深處吹過來，那泥土和植物溫涼的氣息，刺得她鼻子有點發酸。一隻老狗蜷縮在草垛旁曬太陽。幾隻水牛躺在不遠處的小河裡。她間歇還能聽見村人說話的聲音，嗡嗡的，像有無數的飛蟲在叫。晌午的村莊實在靜極了。

在那靜靜的瞬間裡，使得她能天高地遠地想一些事情。她覺得自己格外清醒，她比任何時候都冷靜，理性。她可以撇開自身的一切情感……是的，情感並不重要。在這個時刻，她尤其要追問，她這是怎麼啦？這一切從何而來？它是否真實？她是否有能力去承受？她的情感虛偽嗎？——她敢承認嗎？

她想過一種什麼樣的生活？她在這片貧瘠的土地上能找到答案嗎？

她計劃著怎樣和現任男友分手。他在一家公司裡做部門主管，文明，有教養；他們才相處了兩個月，還沒來得及厭倦。他如果問她分手理由，她就告訴他。他準會笑起來。她自己也笑了。

她轉過頭去，這才看見陳平子立在路口。她和他之間隔著一條小徑，幾十米迫近的距離。他在看她，她吃了一驚，他也吃了一驚。那一瞬間，一切都昭然若揭了。

這個男人，他愛她。這個春天的村子裡，正在發生著一樁愛情。他等她已經很久了嗎？他預備走過來和她說話，帶她去村子裡走走，看看她祖、父輩曾經生活過的地方……他承諾過她的；可是一直猶豫著。他在猶豫什麼呢？

她迅速地把頭轉回來。在剛才四目交接的一瞬間，他的神情是那樣的倉皇。他裝作很不介意的樣子，笑了笑，撣撣身上的白圍裙，東張西望著。他裝作自己出來看看閒景，無意中撞見了她，那又會怎樣呢？

他朝叔叔他們走去了。他站下來抽菸，聽幾句閒話，有時也搭訕兩句；聽不清說什麼，反正大家都笑了。他自己也笑了。他和他們一起散了，大約是開席的時間已經到了。

她看著他走了。她甚至沒有目送他，她的身體像樹樁一樣立在虛空裡，他走出了她眼睛的拐角。她知道，他們再也沒有機會了。男女之間就是這樣奇怪，你沒法解釋的。你以為你們有很多機遇，無限的可能性……可是一次錯過了，永遠錯過了。

她知道，他再也不會說出那句話來了，她也不會。一天的時間太短促了，一生也不夠。他們沒有勇氣，也沒有能力。她的眼淚淌下來了。很平靜的一種哭泣，也不傷心，只覺得異常遙遠，無力。

底下的事情就不重要了。在那所剩不多的時間裡，我和陳平子又維持了正常的相處，很艱難的，我們也知道。我幫他上菜，洗刷碗碟，和他不著邊際地搭訕著。有時也叫來弟弟，和他商量著回城時間。我說，我搭叔叔的車直接回南京。

陳平子客氣地說，回來一趟不容易，怎麼不多住幾天？

我說不了，以後還有機會的。也知道這話是言不由衷的。

我的神情很放鬆，知道一件事情結束了，再也沒有可能性了。我和他之間的一切……都完了。還沒來得及開始。我和他之間的一切，又是漫山遍野的，盤根錯節的，到處都是，到處都是。我所有的計劃，我的理想……在那一瞬間已經灰飛煙滅了。

我們是傍晚時分啟程的，為了避免和陳平子告別，我提前半小時躲進車子裡。我蜷縮在後座，就像狗一樣，把自己裹起來。有時候也會搖下窗玻璃，我想再看一眼我的鄉村，它們與我有著血肉的連結。可是我沒有能力。

我看見空曠的原野一片蒼茫，這原野曾養育過我的祖、父輩，也承載著我死去的親人。我看見村人們陸陸續續地收工了，他們扛著鋤頭，走在混沌的天地間；走遠了。我微笑著，只有我自己知道，我的心收縮得疼。

我看見了陳平子走過來了。他走在一群村人之間，和我父母、叔叔握手告別。我搖上車窗玻璃。隔著墨綠色的玻璃和蒼茫夜色，我越來越看不清他了。他就像一個模糊的影子，高高的個頭，有容顏和思想，有生命，可他和我是沒有關係的。

汽車載著我們，走過了顛簸的村路。一路的灰塵跟著我們，灰塵淹沒了村莊，原野，樹木……灰塵把一切都抹去了，我們的眼前一片混沌。我們一路疾駛，鄉村就像風一般地掠過了。而且，黑暗慢慢地降臨了。

十月五日之風雨大作

第三十天

審訊持續了一個月，仍沒有結果。費明一口咬定自己是個絲綢商人，穿梭於蘇杭及陝西。關於絲綢，他說了很多。他說起它的手感、色澤、構圖、工藝流程以及它的氣味，他語調溫柔，唇邊掛著笑意，說到「絲綢」兩字時，眼神近乎沉迷。楊柯有時竟懷疑自己的判斷力。也許費明根本不是「革命者」。他是個絲綢工藝師，或者是一個戀物者。艾倫認為費明很柔軟，他的本質是女性的。

這是一座江心小島，江水浩淼泱泱，看不到盡頭。彷彿永遠是陰天，空氣裡能聞到雨滴的氣味。水草生得極為茂盛，它們互相纏繞，似乎有種瘋狂的生命力。幾隻水鳥飛向水天一色的遠空。更遠處，依稀能看見航標和燈塔。

十年前，楊柯和艾倫來到這座孤島，就再也沒有回去過。他們的工作是審訊政治犯，確定他們的身分，最後執行槍決。無法確定身分的，便關進監獄，直到確定為止。十年來，從他們手裡經過的囚犯不計其數，沒有一個生還者。他們的工作配合得相當默契，此外，他們還是情人。

他們置身於安靜的物件之間，看著水浪消失在遙遠的江邊，回憶起從前的城市生活。十年過去了，回憶變得很困難。有點抽象。糜爛絢美的三〇年代，人很飽，臉上泛著肉欲紅光，有很多迷茫。他們都曾這樣生活過，非常興奮。有很多樂趣。鐘樓，外國人，日本布店，猶太人飯館……是啊，夏日曾經很盛大，卻已遙不可及了。

艾倫只是沒想到，在這裡竟還有人和她談起絲綢。這過去時代，讓她引起無限聯想的物件。

費明的語調和笑……那麼乾淨。艾倫的心動了一下。這乾淨是她熟悉的。楊柯決定不為所動。他將注定在這裡生活。審訊「犯人」並繼續熱愛他的工作。他從城市帶來了他的舊物，家人的肖像和書籍（而他們都認為他死了），在宿舍他還有一把靠椅，他養了花和狗，此外，他還有一根走石路用的堅實手杖。

一個月來，商人費明越來越覺得他的到來賦予了這座孤島全新的意義。他改變了它的氣質，使它更柔和，更具人氣。它也改變了他，使他的世界發生了變化。是另一種變化。

僅僅在一個月前，費明的世界還很清楚，也就是說，他做人的標準很清楚。他做人做得很大。他在滬杭兩地開了三家綢莊。他叫得出各種綢緞的名字，素軟緞、采芝綾、光緞羽紗、花卉古香緞、織錦緞、桑絲棉……他喜愛絲綢，附帶地喜歡這些名字，覺得它們像女人的名字，帶有女人的靈性和體香。他有件金玉緞睡袍，只肯在洗澡後才穿上。那是一種真正絲綢的感覺，軟滑、清涼，從裡頭生出體溫來。

費明留洋回國，決定把家安在上海。他喜歡這個城市，覺得它投合了他的氣質。他喜歡上海的殖民地氣息，西歐的、北美的、中國的，在這裡做人——無論是做中國人還是做外國人——都一樣「不像」。費明的妻子很漂亮，他還有一個相當可愛的女兒叫娜娜。此外，費明每週都要往返滬寧。他在南京還有一房姨太太。

費明做人做得這樣圓潤、堅挺。他認真努力，從不膽怯，也從來沒有懷疑過自己。他是上海某區的商會會長。有時候，他也會閃過從政的念頭，如果他從政的話，他的目標將是南京國民政府。

費明偶爾的一些行為和念頭是他真正感到害怕的。夜深人靜的時候，他會從床上坐起來，他看著身邊躺著的美麗女人，她的睡態像一隻嬌憨的貓。她打著輕鼾，聽不見世界上的任何一點聲響。世界對她來說已經死去了。而僅僅在數小時之前，她覺得世界彷彿動搖了。是的，他們很相愛，很快樂。世界如此美好，費明只覺得冰涼。他想立即離開。

他喜歡在下午的院子裡曬太陽。他躺在躺椅上，閉著眼睛。他看見了太陽的影子，在他的眼睛上像只橘紅的鵝蛋黃。四周萬籟俱寂，城市消失在遠方。費明的腦子裡一片空漠。他感覺到自己的陰沉，在平常的日子裡，暖陽下——他的陰沉。費明的身體晃了晃。費明就在這時預感到，他的生活將會有一些變化，一些偶然因素攪亂了他的世界，使他順理成章地成為另一個人。

第三十二天

一個月後，幾個不速之客光顧了費明的綢緞莊並帶走了他。當時費明正沐浴在綢緞的光澤裡，他神采奕奕。

後來經過數日的拷打，審問，顛簸，他被帶到了這座小島。他對自己的絲綢商身分發生了懷疑。是的，他開始懷疑了。

這麼多天來，他重複的最多的一句話是：我是一個絲綢商人，一個絲綢商人……費明覺得他累了，他感到乏味。

「你是一個絲綢商人嗎？」楊柯並沒有看他，朝向窗外站著。費明看見這個男人的背影，寬厚而結實。他想，這是一個有意志力的人，他相信世界的品質是鋼鐵的，有門和窗。他相信原因和結果——他相信解釋。他和他是不同的人。

「你是一個絲綢商人嗎？」楊柯回過頭來，他瞇縫著眼睛，他的眼睛裡帶有江水的霧氣，還有陽光——這是小島上難得的好天氣，陽光讓每個人的身體散發出潮濕的黴氣。費明感到絕望了。

「是，當然是。」費明重新抖擻了精神，斬釘截鐵地說。

「你倒像個絲綢商人。」楊柯悠悠地說。

「不是像……而是確實是。」費明舔著潮濕的嘴唇，他感覺他的舌頭一陣乾燥。他自己都知道，他這話說起來如此軟弱，他缺乏自信。他低下頭看著自己的腿、手掌、胸脯——他的肉體。他覺得他已從肉體，那骨髓深處開始腐爛了。他成了另一個人。

他像小孩子一樣端詳著自己的手，他翻來覆去地換著看，他無論如何也不能相信，這是一個絲綢商人的手，它的手指曾經修長、白皙、優雅。它具有絲綢的柔軟、肉感，它撫摸過多少女人呵！……現在它完完全全是另一隻手了，變黑了，變粗糙了……他從他的手指先腐爛起。

「我是一個絲綢商人。」費明絕望地、喃喃地說。這句話說了一個月，每天都在說，它整個兒成了一句口頭禪。費明覺得自己近乎無聊了。那一瞬間，他有種強烈的衝動，他決定和他們好好談談，他的過去，他的奇怪思想，他是怎樣被誤捕的……他們都是上海人，都是好人，曾經有過相類似的物質生活的底子，他相信他們會懂。會懂。

他抬頭看著窗外，他看見的正是剛才楊柯看見的：浩淼的江水，波浪，水草，陽光……這是個絕望的世界，看不見航標和燈塔。沒有希望。可是他要回家，他的絲綢店鋪應該有人照應，他的娜娜，她才十四歲，有著單薄而鮮紅的嘴唇，明亮的眸子，她已會撒嬌……她將來是個小尤物。他的女人們，他的南京和上海……

費明的眼睛突然潮濕了，他扭過頭去，他的眼淚嘩嘩地流瀉下來。誰也不會相信，這是一場他曾經津津樂道的玩笑。他知道他不是個頂真的人。從前他的生活態度不是很端正，他喜歡開玩笑，然而這都過去了。

「嗨，聽我說。」費明再次舔了舔嘴唇，他的聲音已沙啞了。他攤開雙手，活動了一下手指。他的手指很僵硬。

「這太可怕了。」費明喃喃地說道，他的身體一陣發抖。這一個月來發生了多少變故呵，他的手指，甚至他的身分，他差點把自己矇騙過去了，差一點，他就以為他是另一個人。

費明倚牆站著，他把他的手掌緊緊貼在牆上，他要找到一種平衡，獲得一種發自內心的正確的力量，這很重要。他對自己說，首先我要自信，我是個商人，從前是，現在是，永遠是。

他拿眼睛看著楊柯，一個月來他從來沒有像今天這樣嚴肅、冷淡、平靜，甚至是一種疲倦，他要證明自己的身分。他是商人，然而他要證明。他的眼睛……後面是一片憂傷。他的端正的嘴巴，蒼白的臉——他是他自己。他說話了，「我確實是個絲綢商。」他的聲音不高，抑揚頓挫，鏗鏘有力，甚至還帶有一種讓女人心醉的溫柔。他聽著自己的聲音，像一個人在聽另一個人的說話。這話他已經重複了一萬遍，它是口水，唾沫，是痰，它教人噁心、瘋狂、難以置信。

「噢，你是嗎？」那個人問。

「是的。」費明疲倦了，舔了舔嘴唇。

「是嗎？」那個人又問。

「……不是的。」費明聽到一個聲音響亮地回答。他一下子把手從牆上拿掉，他抬頭看看窗外，他的眼前是一片空茫和黑暗，陽光不知什麼時候走丟了，江面上霧氣很重，幾隻水鷗，兩個男女：這是他熟悉的環境，熟悉的人。

費明一下子驚醒了——他全醒過來了。他像做了夢一樣，被帶到了這座孤島上，他在這個與世隔絕的小島上生活了一個月，與這兩個倒楣的男女，他的敵人，朝夕相處。從前離他遠了，淡忘了，不存在了。他從來不是個絲綢商人，他的一生跟絲綢沒有任何瓜葛……這全都是夢。

他是誰？他從哪兒來？費明不知道，他是個丟失了身分的人……在夢中，他彷彿來到了一個電閃雷鳴的雨夜，他一個人，在孤寂的山洞，那潮濕的樹枝背後蹲了下來。他太累了，做了一個華美的夢，夢見上海，絲綢，他的情人們……然後他被帶到了這座孤島。

第三十二天，費明變成了另一個人。

費明就這樣迎來了他在這座小島上的第十次審訊，這次審訊的意義在他已發生了截然的轉變。

費明事先為自己設計了兩種形象，一個是大義凜然的英雄，一個是溫文爾雅的儒士——到底選哪一個，還要看情形而定。對於受刑的殘酷，他不是沒想過，然而也就點到為止，似乎並不熱中。他真正關心的還是他角色的界定，眼神和語氣，步伐的變換，一個手勢——事情太大了，突然，富有戲劇性，使人無法重視它，只能做些不著邊際的準備，這就更像演戲了。

艾倫問：「氣味？難道絲綢還會有氣味？」她說起絲綢兩字時，有些生疏拗口，竟帶有新鮮好奇的女孩子氣。

費明並不看她，只對楊柯說：「是的，每個具有絲綢氣質的女性都能聞到。它很輕飄，很柔軟……」又是絲綢！費明不明白，他這一生怎麼會跟絲綢結下不解之緣？他不知道自己……說起這個詞時，他竟心疼！然而他的金邊眼鏡還是射出冷白的光。他的眼睛很靈活。

楊柯朝後退幾步，倚在牆上。他點燃了一支菸，端詳著費明。他不覺得這次審訊跟別次有什麼不一樣，也不認為費明有什麼改變。他倒是越來越相信費明是個商人了。這個人崇拜物質，他還喜歡渲染，善於把物質世界描繪得有聲有色。

楊柯說：「你無非是在告訴我，你是個絲綢行家。可是絲綢行家不一定就不沾染政治。你以為我們不可以用別的手段麼？」

費明點點頭：「你們甚至不需要審判，直接判決的。」

楊柯陰鬱地說：「是的，我也這麼想。為了逼供，我可以不擇手段。從我手裡喪命的人不計其數，又何必在乎你一個人？」

他突然又孩子氣起來，好奇地笑著，問道：「你希望我們怎麼處置你？」

費明看了艾倫一眼，他從前的狡黠又回來了，他笑道：「是美人計麼？」——他頓了一頓，他有種相當奇怪的感覺，這話的意味他非常熟悉。

「美人計？」楊柯也看了艾倫一眼，笑道：「你喜歡美人計麼？」

費明認真地想了想，說：「比起毒打來，有點喜歡。」

「為什麼呢？」

「因為幽默，有人情味，更溫暖。」

三個人都笑了起來。

楊柯突然不耐煩了。他扔了菸頭，在腳底下踩了踩。一個月了，他們之間建立了某種聯繫，彼此太熟悉了，彼此都有些親密和輕狂。他們的關係變得撲朔迷離。一種東西來到他們中間。楊柯害怕這種東西，他覺得這非常危險。

十月五日這天

這天是陰天，空氣鬱悶，壓得人喘不過氣來。空氣的能見度極低，雖是白晝，猶如黑夜，費明又被帶到了審訊室，這次審訊室裡只有楊柯一人。因為有了從前的底子，他們後來的感覺始終是曖昧的。

楊柯立在窗前，看著暴風雨欲來的水上世界。他皺著眉頭說：「又要下雨了，這種鬼地方，從來沒有好天氣。」

費明也有些氣悶，他不知道這沒完沒了的審訊何時能到頭。這樣的審訊教人納悶，也使人絕望。他盼望著結果，或者死，或者被釋放，也許他最終還是要「投降」的。他們要是打他，他就「投降」。肉體的痛苦是最結實的痛苦，看得見，摸得著，鑽心。費明「形而下」，他更重視肉的感覺。然而誰知道呢？也許就因為他們打他，使得不堅貞的他變得更加堅貞起來——他常常會做些不合情理，讓他自己都吃驚的事情。

費明貼牆站著，他沉浸在自己的角色裡。

楊柯突然轉過身來，說道：「我恨這樣的天氣，我恨這種地方！」

費明漠然地看著楊柯，他覺得這個人快要發瘋了，他失去了自控力。

楊柯又說：「我在這兒待了十年，你能夠想像麼？每天都是這樣的天氣，黃狗也死了……罪犯越來越多，島上都是他們的影子、聲音、氣味，簡直受不了……小島成了他們的了。我恨這些政治犯。他們非常堅硬。我喜歡看見他們死在我手裡……」

「死在你手裡？」費明的心一凜。

「是的。」楊柯看了費明一眼，他的好奇心又來了，問：「你怕了麼？」

「不……我是說，我很善良。」費明囁嚅著說道。

「你還很脆弱，不夠堅忍。」楊柯笑道，「可是堅忍有什麼用處？堅忍的人最終還是會死在我手裡。」

「有一個態度強硬的重刑犯，被拷打了一個月，仍拒絕合作。我們本來打算放過他，執行槍決算了……然而有一天，我看見了他的眼神，我開始恨他了——」楊柯看了費明一眼，一字一頓地說：「是人對人的仇恨，不涉及立場和信仰。你能想像得出來麼？這種力量是很大的，它很大。」楊柯仰起頭，輕輕地吐了口惡氣。他看著嘴裡的白氣消失在更廣漠無邊的空氣裡，他像著了魔一樣，尋找他的氣息，尋找他自己。

「我決定重新和他在一起，直到他求饒。」楊柯繼續說，「真是沒有理由，我們就這樣恨上了。那真是一種巨大的潛能，我從來不知道我會那樣去恨一個人。我度過在這個小島上最激動人心的幾十天，現在想起來仍血液沸騰，心跳加速。那段時期——」楊柯又看定費明，然而這次他看見的不是費明，他看見的只是空氣。空氣。

「那段時間，很有……熱情。」楊柯斟酌辭彙道，「我的體魄格外發達，我充滿鬥爭的智慧，我的身體有時會有一種莫名的緊張感，越來越多的輕微的疼痛和快感貯入我的肌體，讓我不寒而慄。我不能看見他的耳目嘴臉，不能聽見他的聲音，不能想起他這個人……然而我每時每刻都在想他，我每天都去看他，挑逗他，折磨他。我從他的身上找到了我原始生命的力量，我原來是多麼富有激情，多年來它在我的身體內走丟了，現在我把它給找了回來……」楊柯的聲音突然滑了一下，一點點地摔倒了。

費明驚詫地看著他，他發覺楊柯的眼裡有水的光亮。他哭了麼？費明奇怪地想。

「恨是一件多麼……有力的事情啊！」楊柯歎道，「他死的時候，我去看他。他有自己的一間小房子，睡在草鋪上，有窗戶。他已經奄奄一息了。四十多天來，遭受毒打，折磨，饑餓，心靈的屈辱，生命從他的肉體上慢慢地消失了……」

「生命很嬌貴，」楊柯斷然說道，「它不堅硬，很脆弱。」

「後來呢？」費明迫切地問。

「他死了。」楊柯疲憊地說，「我的一半也跟著死了。」

「什麼？」費明沒聽清楚，大聲地問。

「……我才發現我是一個多麼可鄙的人，」楊柯繼續說道，「我折磨一個毫無抵抗能力的人，他很堅硬，然而他的眼裡有哀憐……」

費明茫然地點著頭。

「自那以後，我又恢復了從前無聊的生活。我成了一具行屍走肉，我的花狗也死了，然而我還要活下去，在這小島上了此殘生。」費明聽著一陣顫抖。他有些明白了，然而他不知道自己該說些什麼。

「……我沒有想到還會遇見你。」楊柯冷不防又說。他扭頭看著別處，他的神情有些靦腆。

「所以你準備開始恨我了？」費明冷齒說道。

「不，你跟他不一樣，完全不一樣。」楊柯打量著費明，他的眼裡有玩味的意思。費明也感覺到了。他感覺自己重新讓這個男人活了過來。他點燃了這個男人生的希望。

他不由得一陣駭然，然而更讓他害怕的還不在這個。他已經知道了——這壓根兒就不是什麼審訊。這個孤獨的男人其實是在跟他聊天。他接二連三地被提審，原來是他被需要。這個可恥的男人，費明心潮澎湃地想，原來他需要他。他被需要著。

這種自由的、玩文字遊戲式的說話就是楊柯曾經熟悉的。這間擺放著沙發、茶几和水果，掛著徽跡斑斑的鄭板橋字畫的審訊室（其實是辦公室），衣著優雅的男女——依然按照從前的方式固執地生活著。這個孤島，這裡的汪洋，這粗糙的環境，監獄、水草、天氣……這永無止境的，越來越深的——越來越深的孤獨，它教人發瘋。

又是一陣狂風吹過，風從水面上帶來了水的氣息，有一股水浪打在費明的嘴唇上，他舔了舔，有股怪怪的、青澀的味道。

楊柯喃喃地說：「要下雨了。」

費明重複了一遍：「要下雨了。」

——在這個小島上，費明想，他給他們帶來了物質世界的消息。有陽光的禮拜天，精神，物質，老人和孩子的氣息，外灘的鐘樓和汽輪，話語，愛情……他讓他們覺得溫暖，不需設防——究竟也還是在懷念某種說話方式。他們需要說話。只有這種說話，才會讓他們覺得靠得住，離從前的自己更近一些。

結果總有著厚實沉重的意義。費明和他們一樣來不及去關心。他感興趣的也還是這種似是而非的過程。可以不負責地說話。只是他的眼神、手勢沒法按預想的那樣去做，他沒法表現得更像個英雄——而他喜歡這樣表現，在這種真刀實槍的情況下。

楊柯說：「這兩天我和艾倫都在談你……」

費明笑道：「談我什麼？」他的眼前浮現起艾倫那孩子氣的、萌芽的臉，她有一對好看的虎牙，喜歡瞇縫著眼睛看人。她的胸脯很平，然而身材實在是好，臀部很圓潤，很肉感。她大概也有三十五歲了吧？這樣的女人在上海……費明一下子又想起她跟他說起「絲綢」時那種溫綿的語調，那語調實在是很迷人。

楊柯說：「艾倫希望這場審訊能持續下去，不要結束……」

費明的心潮濕了一下。他想，如果這一生他將注定走不出這小島，他將永遠與他的天氣、江水、他的敵人和孤獨生活在一起，他將選擇這樣的「審訊」方式。但是費明仍很猶豫，一個聲音告訴他：不能。他不能。

費明問：「那你希望這樣嗎？」

「我不知道。」楊柯的聲音像個孩子，他發現自己的世界混亂至極，他對這個絲綢商身分的革命者發生了極大的興趣，也許他這輩子也弄不清費明是誰。他只知道這個人丟失了身分，他是一個謎一樣的人物。

費明問：「艾倫是不是因為……」又是這個女人！費明的心軟軟地跳了一下，他發現他會愛上她。她是這個小島上唯一可能的女人，她熱愛絲綢。然而費明知道他不能。

楊柯說：「也無太大關係——也許有一些吧。有男人和女人的地方，空氣總是不清楚的，帶有喘息聲和唾沫味。」

「你是說你自己嗎？」

「在這孤島上，我和她是比較般配的一對。」楊柯突然煩躁了起來。「我們在這個島上生活了十年。十年前，她很年輕——」他慢慢地搖著頭，繼續說道：「然而畢竟十年過去了，她畢竟是個女人。」

費明看著楊柯，他看著這個越來越軟弱、越來越充滿情感的男人，他為他傷感。費明不知道是什麼使楊柯變得這樣快，不再篤定、有意志力、有堅忍心。他只知道他自己，為一種他自己也不明白的信念支持著。他的力量一點點地滋生出來，他大聲地說出他這一生最為豪壯的一句話：他希望早點結束……結束這關係、審訊，這撲朔迷離、絲絲棉棉的一切！

他看著楊柯，那一刻，他們什麼都明白了。

下午陰雲密布，狂風驟起，水浪像銀蛇一樣翻騰，發出轟天巨響。瞬間大雨降臨了地動山搖的小島。

費明和艾倫的最後一次見面也是在這個下午。他們在慘烈的燈光下看了一眼，彼此都有些恍惚走神的感覺。

艾倫進來帶走了一個死刑犯，又瞇著眼睛朝費明走過來。費明覺得她是走在寂寂、長長的時間隧道裡，失去了自身的存在，走不完地走著。

她在他面前站定了。費明回頭看了看身後的鐵窗，隨意地問上一句：「也不知幾點了？」——他是把它當作一句話來說的，很平靜，也很珍貴。他們之間的話是說一句少一句了。

艾倫搖著頭，看著這個乾淨的、具有女性氣質的男人。她有些傷感，他的乾淨終究是和他不搭界的。

不知為什麼，艾倫竟哭了起來。她似乎有話要說，到底忍住了。費明伸出手來替她擦淚，竟覺得自己是身在別處，或錯過了時間。

那個死刑犯在走出走廊那一瞬間，回頭看了費明一眼。那眼光是如此溫和，充滿了友愛和依賴。費明禁不住渾身一凜，木然地向他點頭告別。

費明想像著他就義前的一幕。他聽見黑暗裡水浪撞擊著岩石，淹沒了一切聲響。勇士一點點地小去了。費明陪他死過一回。

……又是一個月過去了，十月五日這天，另一個費明脫殼而出，他的羽翼漸漸地豐滿了。他成了一個革命者。多年以後，費明仍記得那晚勇士的眼神，它對他後半生的影響是決定性的。楊柯和艾倫在逃竄途中被擊斃。費明後來才知道，他們的目的地竟是上海。

異鄉

一

四月的一個晚上，許子慧從辦公室裡走出來。

每到月末，她總是略微忙些，她是華美貿易行的會計師。華美貿易行是一家剛開張不久的公司，坐落在城區的一幢高級公寓裡。這一帶櫛次鱗比的多是些商住兩用樓，戒備森嚴的門衛，綠草坪，林蔭道，星巴克咖啡館的坡形紅屋頂上伸出一個煙囪似的窗戶，在雨中，不大看見行人，一切變得很像外國。

許子慧來應聘的那一天，天正下著雨，她把自行車放在隔壁一家商場門口，一路遙遙地走進來。她不能讓自己顯得慌張。雨並不大，然而一星半點到底打濕了她的衣衫和頭髮，使她恍惚中覺得自己或許是出汗了。有好幾次，她頓了頓腳步，想掉頭走開。她沒想到她應聘的公司在這麼一個地方，它的堂皇打擊了她。招聘廣告寫得極為低調，人才市場報上寥寥的幾行字，讓子慧誤以為它是一家小公司。

來這大城市三年，子慧換了十多家單位：圖片複印社，廣告公司，私人書店，ＧＲＥ速成報名點……都是小街上的小店鋪，三兩間門面，裡面可以搭伙做飯，也有摺疊床。子慧有時候就住在公司裡。前不久，她和女伴相中了東單附近的一棟舊公寓，兩室一廳的小戶，和房東老太太合住。

房東老太太姓李，七十來歲的樣子，子慧叫她李奶奶。這李奶奶孀居多年，身上自有一種威嚴。來看房子的時候，子慧兩人站在客廳裡，李奶奶一雙眼睛冷冷地掃過來，直把她們從頭看到腳。她在看什麼呢？她懷疑什麼呢？

子慧突然覺得自己很不堪，一顆心惴惴的，身體無緣無故地要發毛發虛。她低下頭，照自己的身子看了看，那天她穿一件高領線衣，她的胸脯很小，她的臉沒化妝。毫無疑問，這是一張標準的良家婦女的臉。

李奶奶說：「哪兒人？」

子慧旁邊的小黃說：「青島。」

「你呢？」李奶奶把眼睛轉向子慧。

子慧說：「吉安。」

「吉安是哪兒的？」

子慧說：「江西。」

小黃從包裡取出一摞資料，林林總總也有六、七頁紙，她說重不重、說輕不輕地朝沙發上一扔說：「你看看吧，這裡頭有身分證，單位開的介紹信，學歷證明……要是不行就說一聲，我們好換一家。」

李奶奶戴上老花眼鏡，把資料大體翻了翻，臉上突然冒出一點笑泡來。她領她們去看房間，嘴裡兀自嘮叨著：「不是信不過你們這些外地人，外面世道這麼亂，我年歲又大，怎能不多長個心眼兒？」

子慧兩人互相看了一眼。

房間很小，只有六、七平方米，除了一張雙人床，一個帶穿衣鏡的立式櫥櫃，再也擺不下別的物件了。窗戶是北向的，房間裡光線幽暗，從那蒙著污垢的窗玻璃上，能看見幾戶人家的後陽臺。樓下的空地上，五、六個小孩在踢足球。一個賣饅頭的中年男人推著自行車一路叫賣。這一帶是老居民區，擁擠，嘈雜，歡樂；房租雖貴了些，可是兩人分攤，還是能接受的。李奶奶簡略地說了些情況，搭訕著出去了。

小黃關上門，朝地上啐一口唾沫說：「老太婆以為我們是幹那個的。」

子慧忍不住要笑，她反手靠在櫃門上，瞟了一眼小黃挑染的幾綹金髮說：「本來嘛，你也像的。」

小黃撲上去撕打，兩人笑作一團。

她們是隔兩天才搬過來的，那天是週末，太陽好得出奇，恍恍的全是春天了。三月裡，暖氣還沒停，屋子裡有烘烘的氣味。她們的身體也是烘烘的，燥熱，喜悅，骨骼偶爾會發出新鮮粗俗的尖叫聲。整一個下午，兩個姑娘嘰喳啁啾，她們擦窗子，掃地，掛窗簾，往牆上釘各式各樣的小玩意：相框，風鈴，布狗熊……自然是睡一張床上，可是鋪上各自的床單和被褥，聽風鈴在窗前發出清寒的聲響，無論如何，這裡就是「家」了。

子慧的眼睛突然一陣發乾發澀，誰能承望她這麼快就有了「家」！一間租來的房子，帶廚衛，每天可以洗熱水澡！

黃昏的後陽臺上，太陽是落下去了，不遠處能看見故宮和景山。故宮景山的周邊，卻是摩肩擦踵的舊樓房，小胡同，低矮破舊的平房。小街上車來人往，一片市聲。挨家挨戶的小飯店門口掛著紅燈籠，幾個民工模樣的人一路走來，左張右瞧有點拿不定主意。賣羊肉串的攤位前煙浪滾滾。一個男人從公廁裡走出來，邊走邊繫褲釦……子慧伏在陽臺上呆呆地想，原來皇城腳下，也有窮人。

子慧自己是窮慣了。三年了，她居無定所，從東城搬到西城，她有一個大皮箱子，裡面塞著床單和四季的衣衫，這是她全部的家什。她飄在這城市，必須縮衣節食。冬天住平房裡，得自己生爐子取暖，隔三五天到公共浴室洗澡。有一年冬天，氣溫降到零下二十來度，小火爐燒到半夜突然滅了，幾個姑娘抖抖索索地擠到一張床上，外面是浩浩的風，天色有點慘白，在下雪麼？是天亮了麼？

子慧不知道自己為什麼不回家。她的南方小城，或許現在也下著雪，她的父母都睡了吧？她二十六歲了，她要在這城市待多久呢？子慧想著這些的時候，眼睛也是發乾發澀，她的神情呆呆的，麻木，冷酷，堅硬。

子慧在城市過這樣的生活，她的父母絕對不會想到。她每隔三五天就要和家裡通一次電話，問問父母的身體，她的小城可有哪些變化。剛來的那會兒，她是嘁嘁喳喳什麼都說的，她的學習和生活，她又換了哪家單位，老闆姓什麼，有幾個同事……有一天晚上，她和母親通電話，屋外突然傳來摔酒瓶的聲音，繼而是一個男人哩哩啦啦的哭泣聲。母親警惕地問：「誰在哭？」

子慧不介意地說：「隔壁的民工喝多了。」

母親一聲尖叫：「你和農民工住在一起？」

子慧拿手撥弄著電話線，一時沉默了。

母親喚了一聲子慧，突然哭了：「你在那兒幹什麼？你回來，咱們明天就回家！不待了……外面有什麼好？啊？……子慧你別忘了，你好歹也是教師，讀書識字的人，你爸爸是校長，咱們是體面人家。吉安什麼沒有？你回來安心教你的書，媽求你了！」

子慧抬頭看天花板，電話線攥在手裡鬆一陣緊一陣的。她不能哭，一哭就塌了。家是回不去了。從今天起，這個城市她是待定了，她吃了那麼多的苦，她生氣了。

她跟母親笑道：「你又來了，煩不煩啊？才待了半年不到，你就這樣！我話還沒說完呢，喏，我附近有一工地，所以會有農民工，我住這兒，是因為它離北大近。聽明白了吧？」

天知道子慧並沒撒謊，那會兒，她確實在北大讀夜校來著。她一連報了好幾個班，英語班，會計班，法律自考班……都是得用的專業。子慧對她的前途有隱隱的期待，她雖是中師畢業，可是並不自卑，她計劃用兩三年時間修個大專，再修本科，她一定會找到一份體面的工作。兩三年時間，誰說得準呢？或許她就碰上了一個青年，戀愛了，結婚了，有了房子和車。或許就出國了，升天了。誰說得準呢？

子慧斷不肯使自己相信，她去北大學習，其實是為遇上一個青年。這世上有那麼多的青年，可是她太自尊了，她羞於下手。有一陣子，每次從補習班回來，小黃都會問：「騙上誰沒有？」

子慧就笑。

小黃歪歪嘴說：「你怎麼這麼沒用啊，那些學生仔很好騙的。」

子慧說：「再等等吧，我喜歡別人來騙我。」

可是現在的男人似乎是太金貴了，稍有一個像樣的，就五馬分屍般地被搶走了。子慧到底沒等來那個願意騙她的人。

子慧在異鄉的生活似乎是太潔淨了，有時連她自己都不敢相信。沒有可能的結婚對象，雖然整天忙碌著，上班，補習，可是未來就如夜的漆漆黑，她什麼也看不見。她不過是一天天地待著，茫然，貧賤，服從。大城市的窮困其實比小城更加不堪，單看這四壁透風的房舍；子慧不知道她為什麼會選擇這樣的生活。她是個安靜的姑娘，沒什麼野心，也少幻想。在家鄉教了三年小學，有一天突然心血來潮，辭了職，就這樣離開了。這二十年來，正是大量中國人熱中離開的年代。他們拖家帶口，吆三喝四，從故土奔赴異鄉，從異鄉奔赴另一個異鄉。他們懷著理想、熱情，無數張臉被燒得通紅扭曲，變了人形。他們是農民，工人，國家公務員，小知識分子，大學教授，老人，孩子……中國整個瘋了，每個人都在做著白日夢。

可是子慧不。這天晚上，她沒有課，一個人在辦公室坐了會兒。後來走到裡間，準備搭鋪休息。她隱隱地想到，這些年來，她離開故土，流落異鄉，其實並沒有什麼實在的理由，或許僅僅是為了離開。多無聊的一件事，她是為了離開，為了過一種她完全不能掌控的、漂泊不定的生活，為了讓自己像浮萍一樣隨波逐流，為了貧困，為了在貧困中偶爾回憶一下她熟悉的小城，想到她溫暖的小城，她會涕流滿面。

可是子慧究竟沒有哭，她側了個身，睡著了。

母親隔三差五就會打來電話。有一天晚上，子慧的一個舊同事過來看她，兩人吃完了飯，回辦公室聊天。母親來電話的時候，子慧正在說笑。

母親說：「你笑什麼？」

子慧說：「我笑了嗎？」

母親說了些家裡的情況。辦公室有人，子慧不便多說什麼，只好哼哼哈哈地應答著。母親狐疑地問：「你身邊有人？」

子慧說：「沒有啊。」

子慧不知道自己為什麼要撒謊。那是個男同事，姓馬，還沒有結婚，可是子慧並不打算考慮他。她朝小馬做了個眼色，示意他不要出聲。

小馬看了看錶，或許覺得時間太晚了，他指了指門口，意思是走了。子慧點點頭。小馬開門的時候弄出點聲響，門外不知誰在咳嗽。

母親突然厲聲地說：「許子慧，你在騙我。那個人走了，他是個男人。」

子慧渾身一凜，把眼睛直看到空氣裡去。一樁冤案發生了，現在就連母親也懷疑她了。這世上每個人都有理由懷疑她，質問她。因為她身在異鄉，她窮，她還有身體。

母親柔聲哄道：「告訴我，那人是誰？」

子慧嘟著嘴：「小馬。」她的聲音軟而嗲，像在撒嬌。

母親釋然道：「是不是從前藥店的那個？長得怎麼樣？掙到錢了嗎？」

子慧嚷道：「你煩死了，早跟你說過不可能的，我看不上他。」

母親咯咯笑道：「傻丫頭，就為這個騙我？我可告訴你，你得當真找個男朋友了，媽一輩子清清白白，可不希望你出什麼差錯。」

母親的話已經很明顯了，那意思簡直呼之欲出了。子慧一陣羞愧。

這天夜裡，子慧睡得懵懵懂懂的，突然一陣電話鈴響。她跑出去接了，電話那邊沉默了一會，就掛了。子慧在黑暗裡站了會兒，完全沒有理由的，她懷疑這人是她的母親，她在查房。第二天中午，母親又打來電話，母親很少在白天打來電話，她想幹什麼？子慧一邊聽電話，一邊做出忙亂的樣子，跟小黃說：「哎哎，文件夾在那邊。」

小黃從辦公桌旁抬起頭來說：「什麼文件夾？在哪邊？」

子慧吐了吐舌頭，神祕地笑了。她終於向母親證實了一件事情：她有一份正當的工作，她的生活很清白。

子慧就是從這天起，決定向母親撒謊，她要把自己塑造成一個良家婦女。她已經是良家婦女了，可是她得撒謊。誰說不是呢，一切太荒謬了！在這個人人自危的時代，每個人都形跡可疑，不做賊也心虛。

子慧的撒謊是很講究策略的，她並不時時撒謊，偶爾她也講一些真話的。就比如說，她很窮，窮自然是危險的，俗話說：男窮盜，女窮娼。所以子慧不誇大她的窮，正如她不誇大自己的富一樣。富也是危險的，誰都知道，色情業是世界上最暴利的行當，無本萬利。母親不是傻子。所以每當母女倆通電話時，子慧總是出言謹慎。總而言之，三年了，她吃過苦，可是一切正待過去，就比如說，最近她租了一間公寓，她考上了註冊會計師，她的新公司叫華美。

子慧說的是真話，可是天可憐見，她說真話也像在撒謊，一顆心有點不落實地。

二

來「華美」上班以後，子慧的境況大大地好轉了。「華美」是一家頗像樣的公司，掛靠某大財團，老闆叫仲永，三十出頭的樣子，聽說還沒有結婚。他長著一張娃娃臉，架著眼鏡，形貌上也說不出個所以然來。

有一件事子慧總心存疑慮，那就是她從近百口應聘者中脫穎而出，謀得一席職位，實在連她自己也找不出有什麼確切的理由。應聘那天，濟濟一堂的人，大學生，博士，職業經理人……只有她，是個外鄉人。子慧為自己感到寒窘。一屋子的潮氣，手心裡汗津津的，她靜靜地立在牆角，沒有人知道，這個姑娘的情緒低落得近乎發抖。

落地玻璃窗外，一片雨濛濛的，能看見花圃、遊廊、外國人和狗。子慧第一次置身於這等富麗的環境，及至應聘完畢，走到戶外，腦子裡還有點迷迷登登的。雨還在下，她慢吞吞地走著，她知道自己在哭，她受到了傷害，她突然為自己感到了委屈。三年了，她這才知道什麼叫委屈！也就是從這一刻起，子慧第一次萌生了退意。不知為什麼，她突然想回家，回她的吉安小城去，那兒青山綠水，民風淳樸。那兒，才是她應該待的地方。

隔一天，華美公司正式通知她去人事部報到。子慧放下電話後呆了呆，突然想起了仲永。應聘那天的場景歷歷在目，經理室裡只有他們兩個人，不過是他問一句，她答一句。仲永神情疲憊，臉色蒼黃，他一個下午見了幾十個求職者，問同樣的問題，聽大同小異的回答，早已對什麼都失去了感覺。在她說話的時候，他強忍住睏意，看了她一眼，心裡想，這女的倒還老實。

子慧舔了舔舌頭，一下子忘了下面該說些什麼。

她知道他在看她，睡眼迷離的一雙眼睛，就像臨睡前在看一根樹樁。子慧什麼都知道，她告誡自己要警惕，不要做這種無謂的念想，可是她就如一個在黑暗中待了太久的人，突然雲破天驚，看見了拂曉。

子慧從不以為她會等來奇蹟，可是男女之間的事情誰也說不好。每天朝夕相處，老闆和下屬之間，同事和同事之間，若是發生點什麼，也沒什麼大不了的。然而仲永畢竟是個正派人，男女情事上彷彿還有待開竅，直到有一天，他帶了個女孩走進來，兩人都笑咪咪的，一路上也不太說什麼。經理室的門關上了，外間的辦公室一陣喧鬧，子慧也加入了議論的行列，說著，笑著，三年來，為自己所有的逆境支撐著，她的聲音笑得最響。

閒來無事，幾個同事偶爾會一起聊天，就有一天，子慧順便提了一下她的小城。在她的描述中，吉安是這麼一個地方：青石板小路，蜿蜒的石階，老房子是青磚灰瓦的樣式，尖尖的屋頂，白粉牆……一切都是靜靜的，有水墨畫一般的意境。庭院裡有樟樹，槐樹，榕樹，推開後窗，就是清澈見底的小河，河水可以飲用，漂洗，夜裡能聽到流水的聲音。

子慧並沒有分明這樣說，可是她淡淡的話裡行間，委婉地表達了這層意思，吉安是一座老城，迄今還保持著古樸的風貌，人們安靜地生活著，家家戶戶，年年如此。

同事中誰也沒去過吉安，可是他們中有人去過周莊，麗江，婺源，績溪，想來吉安和這些地方也差不太多。內中有人感慨道：「中國現在那麼浮躁，難得還有這麼一些清靜地兒，容我們偶爾去做做田園夢，要不，你說人活著還有什麼意思，成天快馬加鞭，也不知道為什麼忙，也不知道忙些什麼。」

就有人問子慧：「既然吉安那麼好，你幹嘛還跑出來受洋罪，要知道，我們每年可是花了錢往這些地方跑的。」

子慧抿嘴一笑。在那靜靜的一瞬間，她明確地知道一件事情，她並沒有說謊，可是她描述的吉安是二十年前的吉安，那時她還是個小孩子，梳著小小的抓髻，一有空就往街上跑。她確乎記得，她家臨街的老宅裡有一棵樹，她鄉下的外婆家傍著一條小河……她記得吉安每一條街衢的名字，姑娘們穿著素樸，百貨公司的玻璃櫃檯前能聞見「雅霜牌」雪花膏的冷香。傍晚時分，街巷裡有炊煙升起，人們端著飯碗站在老樹底下納涼，把嘴咂得啪啪作響。

對於她來說，吉安就應該是這個樣子，小小的，淳樸的，悠緩的。她再沒想到，有一天吉安也會變，變得急促，龐大，慌張，在她離家出走的三年前，吉安已不復是舊時模樣了。整個城市就如一個大工場，推土機晝夜轟鳴，新樓房拔地而起，許多街道改向了，光天化日之下，人們變得迷茫緊張。

子慧不喜歡她的家鄉，她對於吉安的描述向來有多種版本，跟同事用一個版本，跟小黃和李奶奶用另一個版本……版本多了，難免就會有自相矛盾的地方，可是天地良心，子慧的每個版本都是正確的，可以字字落到實處。這麼說吧，吉安是個小城，它時而窮，時而富；它躁動不安，充滿時代的活力，同時又寧靜致遠，帶有世外桃源的風雅。它山清水秀，偶爾也窮山惡水，它民風淳樸，可是多鄉野刁民。她喜歡她的家鄉，同時又討厭她的家鄉。有一件事子慧不得不正視了，那就是這些年來，故鄉一直在她心裡，雖然遠隔千里，可是某種程度上，她從未離開它半步。

她生於斯長於斯的那片土地，一個謎一樣矛盾的地方，一個難以概述的地方，誰能相信，她竟然沒回去過一次！

多少次了，她聽到一個聲音在召喚，溫柔的，纏綿的，傷感的，那時她不知道這聲音叫回家。她不知道，回家的衝動隔一陣子就會襲擊她，那間歇性的反應，興奮，疲倦，煩惱，輕度的神經質，莫名其妙……就像月經。

有一年春節，禁不住母親苦勸，她差不多就要回去了。她提著大皮箱子，徑直到火車站買了高價票。候車大廳裡人頭攢動，子慧看見了一張張黃色的臉，迫切的，緊張的，焦躁的……她不由得熱淚盈眶，她知道這些人都是回家。——是啊，還有什麼比回家更讓她激動和害怕的呢？

子慧絞盡腦汁，也想不出她為什麼會害怕回家。那一瞬間，她周圍的聲浪和熱氣好像被什麼東西全吸走似的，候車大廳變得寂靜，清冷，空曠。許多人往前擠著，揚著手，回過頭來，有一個小孩子，伏在父親的背上哇哇大哭，可是子慧聽不見他們的聲音。

那是子慧在異鄉的第一個春節，她簡單地備了些年貨。有一天晚上，她煮了一包速食麵，吃了以後，身上仍覺得寒縮縮的，便早早地躺到被子裡取暖。屋外狂風大作，門板被風吹得吱吱作響，子慧把身體蜷縮著，開始慟哭。她在心裡喊了一聲媽媽，一連串地問：為什麼會這樣？為什麼會這樣？

第二天，她似乎決定要把一個人的春節過得像樣些，便強打起精神去天壇逛廟會，那天太陽黃黃的，天照樣地冷，她走在人群裡，到處都是陌生人：一家老小，年輕的戀人，鼻子凍得紅紅的，呵呵地笑著……她怏怏地走了一會兒，就出來了。

不知怎麼就走進了一條胡同口，胡同上空，是一片灰藍的天，映著淡淡幾筆枯枝的剪影。一戶人家門口，紅鐵門半開著，風吹得釦環哐哐地響。子慧恍恍惚惚地從門前走過了，走了很遠，又踅回來，倚著對門的磚牆，呆呆地朝屋裡看。這是一戶中上等人家，大概是四世同堂，院子裡一派嘈雜忙亂，老人，孩子，年夜飯，壓歲錢，新衣裳……子慧的眼前不由得一陣溫潤。

一個年輕媳婦從院子裡走出來，警惕地看了她一眼。

還不待人轉身關門，子慧突然發足狂奔，她知道她在幹什麼了！天哪，她簡直瘋了，她羞憤至極。跑到一處僻靜地帶，這才停下來喘口氣，左彎右拐也不知到了什麼地方，天色暗下來了，四周漆黑一片，伸手摸摸，三面都是牆。子慧索性坐下來，曲膝抱腿，她知道自己迷路了。

事已至此，子慧完全安靜了，可是一顆心仍尖叫不已——她意識到了一件事情：她被自己拋棄了，她陷入了一場窘境。她無處為家，她完全可以回家，她真的瘋了。

若說子慧在異鄉，全是這些寒苦的回憶，也不盡然。她也有過一些溫暖的日子，比如和小黃李奶奶的友情，春寒料峭的晚上，喝著李奶奶煨的湯，熱氣呼地罩住了臉，眼裡朦朦朧朧的一片，不明就裡的人還以為她哭了，其實也沒有。她原來的住處小西天附近，有一排紅磚小樓房，陽光底下，安靜中也有一種風塵。她還記得一條小小的林蔭道，秋天的時候，滿地燦黃的銀杏葉，風一吹，幽魂一樣亂跑。記得它，是因為她和一個人在這條路上走過，被他拉著手，一起朝天上看過……可是子慧不留戀這些日子，彷彿它對她孤寒的經歷是一種背叛和褻瀆，彷彿它是她身上的一隻蝨子，一爬出來，她就會不動聲色地把它捏死。

小黃不久前回去了。

像小黃和子慧這樣的外地姑娘，能留在這城市的唯一途徑恐怕還是嫁人。換句話說，她們和城市的關係，其實也就是她們和男人的關係。小黃或許是意識到了這一點，從來到這個城市的第一天起，她就和男人摽上了。小黃對待男人的態度簡潔明快，第一，她不和他們談情說愛，因為戀愛的結果就是分手；第二，不到萬不得已，她不和他們發生肉體糾葛。

子慧笑道：「你總得給他們一點想頭，要不，人家還以為你是性冷淡。」

小黃「嗯」了一聲說：「這個分寸還真難把握，從了罷，他說你蕩，不從罷，他說你木。結婚果真有這麼難麼？」

子慧笑了笑，側了個身，伸手把小黃的被子往上提了提。

月光下小黃的眼睛炯炯的，閃著寒光，她看著子慧，一字一頓地說：「我們可得互相鼓勁，哪個都不准洩氣！我就不相信，這麼大一個城市，就沒我容身之地。我賴也要賴在這裡。」

可是小黃的運氣實在是太差了，走馬觀花一樣去相親，也有人看不上她的，也有她看不上人的。有一天晚上她回來，關上門，抱著子慧就哭了，原來男方嫌她太瘦，又是外地人。小黃哭道：「我有這麼糟糕麼？外地人怎麼啦？外地人就不是人？」

子慧生氣地說：「他是嚼蛆！」

小黃坐在床邊，一雙眼睛呆呆地盯著牆壁，半晌，方悠悠說道：「我想回去了。」

子慧一時不知該說些什麼好。

小黃抹淚道：「再待下去，我怕我會出事的……自尊心受不了！已經忍耐……到極限了。別看我平時嘻嘻哈哈的，我是不想說這些，有什麼意思？每次出去相親，我都恨自己，我怎麼就混到這地步了？就那些人，要是在青島，我連正眼都不瞧。」

子慧自己也有過一次戀愛，已經是很久以前的事了。地道一本地人，叫郭小海，二十八、九歲的人了，成天優哉游哉的，也沒個正形。他和父母分開住，一個人租了套公寓，只在週末的時候回家看看，吃頓便飯。他的口頭禪是煩，一雙小小的眼睛，笑起來不知有多壞！他的公寓怕也是藏污納垢之地，走馬燈似的不知換了多少個女朋友。

可是他也有很乖順的時候。有一天飯桌上，子慧無意間講起了她的家鄉，他認真地聽了一會，突然握住她的手說：「我跟你一塊回去吧，做倒插門女婿。」

子慧似笑非笑地看著他，一時搞不懂他是真的還是假的。

他嘻笑著抽了抽鼻子，眼睛越過子慧和她身後的窗戶，直看到遠方去，他說：「我從小就想離家出走，到一個誰也不認識的地方，客死他鄉。」他呵呵地笑起來，又恢復了他那玩世的態度。

子慧側著頭認真地想了一會，也不知自己在想些什麼，也沒想出個什麼來。

她從此斷定，這人身上有一種莫名其妙的東西，想起來既教她發寒，也使她溫暖，因為這東西她也有。他情緒化，沒什麼志向，願意隨波逐流，腦子常處於白癡狀態，偶爾會閃出一些亂糟糟的小氣泡。

他從來不給她承諾，然而很想和她上床，每次見面他都磨，磨了一會兒，他自己覺得沒勁了，就笑嘻嘻地說：「算了，我還是等你來找我吧。」子慧突然愛上了這個可愛的男子，他對什麼都心不在焉，他就是她自己。然而她要的又不是這個男子，而是一樁婚姻，怎樣才能使他明白，她需要一樁婚姻，就像需要空氣和水！

子慧到底沒守住她的防線，床還是上了。如今這世道，上床本不是什麼大事，這個子慧也知道，然而上完床以後的事，子慧就不得不看重了。那天晚上，郭小海把她摟在懷裡，騰出手來點了一支菸，他有點累了，又不便馬上睡去，只好迷迷糊糊地說了一些話，大意是：他不想結婚，也不想戀愛。她是個好姑娘，他不想傷害她，所以更要把話說清楚，他們的關係是哥們的關係，他們上床，是為了各自取暖。

子慧聽了半天，心都碎了。她側過身去，任眼淚恣意流淌。她是個理性的人，等他把話講完了，她猶豫了一下，到底還是發作了。她從床上蹦起來，哇地一聲哭了，穿起衣服就要走人。小海一下子醒了，坐起身來看著她。

子慧說：「為什麼要跟我說這些？我不想聽，你可以騙我，是不是？你完全可以騙我！你怕什麼，怕我會鬧著嫁你？不是這樣子的，我不想嫁人，我告訴你，我根本不想嫁你。」

小海猶猶豫豫地碰了一下她的胳膊，子慧看了他一眼，反倒一下子鎮靜了。她反過來安慰他：「沒事的，我走了。」

小海說：「我送送你。」

子慧的聲音平靜至極，像是什麼也沒發生過一樣，她說：「不用，我出門打車，一會兒就到的。」

她摸著黑，一個人走下十幾層的樓梯，幾次停下腳步，心裡卻空蕩蕩的，就又慢慢地往下走了。來到大街上，看見路燈，樹枝，不多的幾個夜行人，知道這是冬天的午夜，心裡能聽見風聲。她找了一個街角蹲了下來，摀著胸口，她幾乎半跪在地上，心裡又一次喊著：媽媽，媽媽。可是她不知道要對媽媽說些什麼。

子慧明知道，她和人睡覺，與她母親並沒多大關係，可她還是覺得羞愧。母親成了她的一個準則，她站在故鄉的天空，她的眼睛越過千里之外的雲層，像上帝一樣看著她。子慧為此感到莫大的壓力。

也許每個身在異鄉的姑娘都有過類似的壓力，小黃走了以後，子慧更加孤單了，一個人常坐著發呆。李奶奶忙著為她張羅對象，因為小黃的教訓，子慧對相親抱有本能的牴觸，不過還是見了幾個。其中一個是李奶奶從前同事的兒子，在某研究所工作，離婚兩年了，小孩歸女方。不知為什麼，他年紀不大，卻早早謝了頂。子慧猶豫不決，便打電話跟母親商量。

母親說：「有房子嗎？」

子慧說：「房子嘛，總歸有的。」

母親狡黠地笑道：「什麼叫房子總歸有的？」

子慧最煩她這一點，不禁又好氣又好笑：「我沒去過他家裡，這你總放心了吧？」

她隨他看過兩場電影，一起吃過麥當勞。有一天晚上，兩人走在路燈下，子慧一側頭，無意間看見他的頂上閃著佛的金光，心裡兀自一凜。她這才知道，她的心死了，她整個人有如枯木一樣壞掉了。

現在，子慧越來越迫切地面臨著去留的選擇，以至於茶飯不思，坐臥不寧。這哪是什麼選擇，她把它視作人生的最大一次賭博，一步走錯，全盤皆輸。照理說，回家是件便當的事，坐火車沿京廣線，不過二十來個小時，坐飛機打個迷糊眼的工夫就到了；可是三年了，心裡的層巒疊嶂，回家已成了不可想像的事了。

留下來呢，當然也很便當。經過三年的準備，心理上的，物質上的——她現在經濟完全自足，購物多到世都、銀座，或許再等個兩三年，她能攢下一點錢，買個小房子，結不結婚就再說啦！她對這城市也漸漸熟了起來，誰怕誰？誰愛誰！

後來，子慧反覆思忖她的這次選擇——她選擇了回家——她得出一個結論：她的三年出行完全是一場夢遊，她長途跋涉、衣不遮體走過了她一生中的寒冬，待到春暖花開時，她回來了，回來以後，發現屋子裡仍是寒冬。

三

十月的一個午後，許子慧從火車站走出來，打車來到家門口。

一路上，她把頭貼著車窗玻璃，看街巷的風景。吉安變化太大了，就好像……它已經很陌生了。當然這年頭，中國沒有哪個城市不是陌生的，人間一日，天上十年，便是硬道理。變，就如孫悟空手裡的一根汗毛，吹一口氣，它可以是樹，是妖怪，或者仍是一根汗毛。可是現在的中國已失去了想像力，吹一口氣，變來變去都是樓房。

偌大的古國從來沒有如此騷動過，二十年春秋，在它猶如一季盛夏，每個人都汗漬淋漓，臉上閃著油光，臉上的痘痘有如沸水裡的小氣泡，咕咕跳著，能把人燙死。鄉村變成城市，城市仍是城市，成百上千個地方，若是換個地名，那就都叫吉安吧。

子慧笑吟吟的，心裡充滿愉悅，故鄉好像在哪兒見過。是啊，回家也不過如此，吉安既不很熟悉，也不太陌生，反正地球都成了一個村，中國變成一個城市也沒什麼了不起。

她胡亂和司機搭訕，問這問那，新鮮得像個外地人。

司機說：「小姐是來旅游的？」

子慧笑而不答。

司機側頭打量她一眼，說：「不太像，我估量小姐還是本地人。」

子慧一驚，心裡老大不高興，她板著臉問：「我怎麼就像本地人了？」

司機搖搖頭，不說話了，伸手把收音機打開。電臺裡一個女歌手正在上氣不接下氣地唱歌，子慧聽了半晌，才聽出這是一首傷心的歌。她把頭轉向窗外，陽光下她靜靜瞇著眼睛，城市如浮光掠影，從她眼裡迅速淌過。這世上什麼都在變，子慧早就做好了防備：一覺醒來，文明可能是一場幻影，人類將用四肢爬回荒野；戰爭，霍亂，人心的撕扯……活在這世上，沒有哪樣東西是安全的，只有她自己。

可是子慧再沒想到，她自己也會變，就比方說，現在她不太情願人家拿她當作吉安人，她在外浪跡三年，吃了那麼多的苦，為的是什麼？為的是洗心革面不做吉安人，她要把她身上的吉安氣全掃光，從口音，飲食習慣，到走路的姿勢，穿著打扮……一切的一切，她要讓人搞不懂她是哪裡人。子慧很以為，她差不多成功了，當然，今天她穿一件普通的秋衫，頭髮剪得短短的，一副學生樣，看上去是寒素了些。

子慧很有幾件像樣的衣服，但是她不想穿，因為不合適。她以為，吉安不過是個小地方，她大可不必如此。

子慧瞧不起吉安，她沒看到自己的那副嘴臉，高高在上的，充滿了優越感，她把眼睛稍稍斜向窗外，嘴角泛出一抹淡定的微笑來，像一個偶爾路過此地的大城市的女子。

現在，子慧就站在家門口，她放下皮箱，四下裡看看，沒什麼人，因此決定在正式敲開家門之前，有必要先打探一下周圍的環境。這一帶多是些五、六層的青磚小樓，樓前堆放著雜物，樓與樓之間的間距太小，橫七豎八的，就像迷宮一樣。子慧把眼睇了一會，不由得想，這一次，她恐怕是插翅難逃了。

二樓最左的那個陽臺突然傳來開門聲，接著是一個婦人的聲音：「幾點了？怎麼還沒到？」

子慧縮了縮脖子，那是她的母親，她提著箱子就往樓道裡跑，她不能讓母親看見……是的，相見不是件容易的事，她有點難為情，她還沒有思想準備。

她在樓道裡站下來，輕輕吐了口氣。樓道和家之間隔著十幾級臺階，子慧的眼睛一級一級地爬上去，從來沒見過那樣漫長的臺階，總也爬不完，她把眼睛閉了閉，知道自己已氣喘吁吁。

親人間若是數年不見，冷不防照面，那感覺就像見了鬼，著實有點嚇人的。子慧和父母都當對方死過了，現在站著的是各自的幽魂，睜著恍恍惚惚的眼睛，臉上放出幾許扭捏的微笑來。父親搭訕著走過來，幫子慧提著箱子，一邊側頭跟母親說：「咦，你還愣著幹嘛？這人！」

母親篤定地坐在沙發上，一雙眼睛冷冷地看著子慧道：「你還回來幹嘛？你心裡還有這個家啊？」

子慧絞著手站在門口，她的眼淚淌下來了，那一瞬間，她突然想放聲大哭，她要給他們跪下來，她聞見了家的氣味：溫暖的舊棉絮，清涼的樟腦丸……她要給家謝罪！

母親走過來，搡了一下子慧，突然抱住她哭了：「死樣子，你看看你的死樣子，你心狠著呢，我養你這東西幹什麼！」

子慧把頭擱在母親的肩膀上，那一瞬間，她的心異常的安靜，她再也不走了，她這一生所珍視的東西全在這裡：父母，小城，樸素的生活……有一個字子慧不好意思說出來，那就是愛，無庸置疑，她和父母都是愛著的，愛得無微不至，像一粒粒灰塵能滲入對方細小的毛孔裡──深究起來，這玩意兒是能活活把人累死的。

子慧兩天沒出門，在家認真備課，她準備下週一就去上班。這一天下午，她頭有點暈，就一個人出來走走。隔壁的樓前，有兩個婦人坐在樹底下拆毛衣，子慧拘了個心，腳步不由得猶豫了一下。她平時最怕這些婦人，她是在她們的眼皮底下長大的，什麼也別想瞞過她們。

她拐了個彎，改走一條甬道，走了一會，突然感到背後有眼睛，就在不遠的地方，無數雙的眼睛，一支支的像箭一樣落在她的要害部位，屁股，腰肢……到處都是箭，可是子慧不覺得疼，只感到羞恥。她不動聲色地又走了幾步，突然猛的一回身，四周明晃晃的一片，夕陽掉到樓身後去了。她並沒看到什麼眼睛。

子慧慌了，像走路時突然被絆了一跤，低頭一看，腳下並沒有石子。她轉過身來，臉脹得通紅，她看見了，這眼睛在她心裡，是她在看她自己。她又悠悠地走上一會，自己都沒意識到，她把手心攥得很緊，她扶著一棵樹站下來，腿有點軟，身上直冒冷汗，黑暗像頭髮一樣罩住了臉。天哪，這是什麼世道，現在她連自己都不信任，她離家三年，本本分分，她卻總疑神疑鬼，擔心別人以為她是在賣淫。

天色漸漸暗了，眼前燈紅酒綠的一片，子慧估量著，她這是走進步行街了，早在兩年前，子慧就聽母親說過，吉安城裡新出現了一個聲色場所，學名叫商業街。街兩旁全是摩肩擦踵的店鋪：洗頭房，洗足房，桑拿房，練歌廳，也有星級酒店，百貨公司，總之，走進這條街，人體的各個部位都可得到撫摸滿足。一到晚上，街兩旁就站滿了形態各異的小姐，母親惡狠狠地說：「全說普通話，都是外地人。」

子慧當時也是外地人，她記得她把電話從左耳換到右耳，有點不方便接這個話茬。

子慧搖搖晃晃地走著，吉安街頭一片繁華，操各種口音的人走來走去，廣東人，上海人，北京人，山東人……全都氣宇軒昂，一派匆匆過客的樣子。在這些聲音當中，她反而很少聽到吉安話。吉安人哪兒去了？

答：吉安人都到外地去了。

子慧模模糊糊地想道，她腳下的這片土地，或許是個更陌生的地方，走在這裡，較身處他鄉更覺得冷清，她對一切都不熟悉，點點滴滴不能引起她從前的回憶。她千里迢迢地跑回來，因為她在外面遭了罪，她回來是為了得到撫慰，她能得到嗎？她現在沒一點底。

晚上八、九點鐘光景，子慧才慢慢地走回家，她著實有點累了，開門就往臥室走，臥室裡亮著燈，門半開著，只聽見裡面一陣翻箱倒櫃，還有父母的竊竊私語聲。子慧三步兩步趕到房門口，看見母親在翻她的皮箱，衣物扔了一地。

子慧拿手扶著門框，一下子岔了聲氣，她驚叫道：「你們在幹什麼？」

父母的檢閱正在興頭上，他們或許忘了子慧還會回家，所以正長吁短歎，忙得滿頭大汗。還不待他們轉身，子慧已經奔到皮箱旁，抓起她的胸罩，內褲，睡裙，統統塞進箱子裡。母親撣撣手站起來，父親跌坐在床邊。

子慧在燈光下站了一會，突然踹了箱子幾腳，哇的一聲坐到地板上，開始撒潑了。她勾著身子把皮箱拖到身邊，拎起箱柄就往下倒，一邊說：「看看看，喏，這是胸罩，這是內褲，仔細看清楚了，看上面有沒有什麼污點。」

子慧哭鬧的工夫，父母已有足夠的時間用來鎮定了。父親咳嗽一聲說：「你知不知道，外面都在說你什麼？」

子慧膽怯地抬起頭來，突然噤了聲。

母親拍拍手說：「你去大街上問問，你許子慧回來的消息，吉安城哪個不知道？」

子慧心虛地說：「知道什麼了？我在外面幹了什麼了？」

母親從鼻孔裡噴出一串冷氣道：「幹了什麼！你自己最清楚。」

子慧從地板上縱起來，跟母親叫嚷道：「我剛從大街上回來，怎麼就沒人跟我說這些？」

母親突然掩面而泣：「誰會跟你說這些？人家看見你，只會躲得遠遠的。你知不知道，這兩天有多少人對著你父母指指戳戳，你知不知道？」

子慧一下子呆了。

母親雙臂抱胸，努努嘴，指示父親把箱子放到櫥櫃上。父親拖來一張桌子，一張椅子，夫妻倆合力把箱子舉了上去。

現在，母親就坐在桌子旁，架著腿，完全是一副審訊的架式。

母親說：「說說看，你這三年的經歷。」

子慧坐在床邊，把雙手放在膝蓋上，現在她已經完全服氣了，她的樣子就像一個犯罪嫌疑人。她膽怯地問：「是和男人嗎？」

母親嚴肅地點點頭。

子慧把眼睛認真地瞇了一會，首先想起了郭小海，然而她和他之間實在乏善可陳，第一次睡覺就掰了，以後再沒見過面。別的就更不用說了，止於拉手擁抱，扯不上男女關係的。

子慧搖搖頭，朝母親諂媚地一笑，說：「沒有。」

母親一聲驚堂木，手掌擊在桌子上有點疼，母親說：「許子慧，你最好老實一點。」

子慧苦著臉說：「真的沒有啊，你們應該相信我。」

母親說：「你相信自己嗎？」

子慧眨了眨眼睛，艱難地嚥了口唾沫。

母親正了正身子：「那好吧，我問你，知不知道今天為什麼要檢查你的箱子？」

子慧搖搖頭。

母親說：「想為你洗清污點，我不相信我的女兒能幹出這等醜事……我女兒曾經那麼純潔——」母親拿手掌擦了擦眼淚，她的聲音嗚咽悲傷。

子慧的眼淚湧了出來，她已經感受到了母親的愛意，呵，這比什麼都重要。那一刻，她突然想爬到母親面前，告訴她，她愛她，她受到了冤屈……然而這是不合適的，她不能破壞審訊的莊嚴。

「可是我看到了什麼呢？」母親的聲音突然嚴厲了許多，「我看到了這三年來你的生活，就在這箱子裡，一天又一天，你的心理變化，我找到了許多疑點。」母親站起來，背著手在屋子裡走上幾步。

「你生活得很不錯，」母親走到子慧面前，探頭在她的臉上照了照，聲音幾同耳語，「你並不像你說的那麼慘，你有很多妖豔的衣服，可是一回到家裡，你卻扮作良家婦女——」母親伸手在子慧的布衫上捏了捏。

「我三番五次要去看你，」母親坐回桌子旁，重新恢復了一個法官的派頭，「都被你全力阻撓，這意味著什麼，意味著你知道我是去偷襲你。三年來我花了幾萬塊錢的電話費，心裡也疑惑著你是個妓女。」

子慧的身子震了震，呆呆地看住母親。

母親說：「現在證據充足，你還有什麼好說的？」

子慧搖了搖頭，宣判的時刻終於來臨了，她非常的安靜。三年來，她焦躁不安，誠惶誠恐，心理幾度崩潰，原來是，她知道會有這麼一天，她在等著黑暗的降臨。

這天夜裡，她一個人躺在床上，隔壁能聽到父母沉著的鼾聲；她幾次爬起來，推開窗戶，天際有一輪小月亮，她把半截身子探到窗外，試了試，然而這是二樓，跳下去也不至於粉身碎骨；她嗅了嗅鼻子，百無聊賴地在屋子裡走上一圈，後來上了床，睡著了。

【後記】

我這七年

七年前，正是我寫作的一個噴薄期，那時候，我寫得很舒服，可以說是順風順水；那時候，我對萬物都充滿了感情，下午的陽光落在客廳裡也會讓我滿心歡喜。不拘什麼場合，只要我願意，我就能走進物體裡，分不清哪個是外物，哪個是自己。就是說，那時我與生活呈現了一種如膠似漆的關係，哪怕終日躲在一個小房子裡，抬頭看一眼窗外，世界就落在我心裡。

這就是我對於生活的態度，有點唯心主義，它不是靠經歷，而是靠感受；

我很高興自己曾有過這麼一段善感的時期，那是我寫作最好的時期，我熱中於表達，迫切地想寫出事物落進我眼裡、爾後折射進心裡的各種層次複雜的過程，我總是想大聲地說話，關於人，關於故鄉和成長，關於我身處的這個時代，我渴望說出自己的陋見。

如今回望我多年前的文字，我的見解既不新鮮，也不獨特，它之所以得到過一些朋友的錯愛，可能是因為我的文字裡能看得見感情，感情遮蔽了我寫作所有的缺陷，直到今天我仍認為，只有感情、激情、愛這樣一些辭彙才是文學創作的原動力，而不是通常所認為的生活。

寫作最神祕的一點是，在我年輕的時候，閱世未深，我卻寫出了我未曾經歷的對於人生、人性的認識，直到今天，我仍認為有些認識精準而體貼，就像一個飽經滄桑的老人寫的；而後來當我漸閱人世，人生的各種滋味整個把我兜住，形成翻江倒海之勢的時候，我卻再也不願寫了，確切地說，我對說話已經喪失了熱情。

今天我站在這裡，距離我第一次、也是唯一的一次提名已過去了七年，這七年對我來說非常困難，我的同齡人都有這個體會，正是這七年間，我們這代人陸陸續續地走進了中年。我像所有中年人一樣，選擇了沉默喑啞的生活，不知為什麼，我有時覺得這種沉默很有尊嚴。

七年間，我經歷了一個中年人所能經歷的一切：空洞，虛無，焦灼，麻木，常常四顧茫茫，走在擁擠的大街上也會覺得空空蕩蕩。我覺得自己是在忍受，也是在享受，人生的廣闊細微從四方八面襲擊我，我沉墮其中，有時想徹底地被它淹沒，有時又想掙扎站起。

七年間，一些更廣大、闊朗的東西走進了我的眼睛裡，那就是對自身之外的物事的關注，千頭萬緒，越理越亂。年輕時自以為很簡單的問題，到了中年變得繁複無比，甚至對於寫作，我也產生過懷疑，我不知道我為什麼要寫作，如果寫作不跟人生發生關係，那還有什麼意思？而這些年，我確實是活在比寫作更遼闊的人生困擾裡，而寫作從來就是附帶品。

感謝這些年來關心和督促我的所有朋友，他們是文學編輯，出版人，作家，評論家……似乎是，他們對我的寫作負有一份責任，其實照我看來，人活到這個年歲，多寫一篇少寫一篇又有什麼關係？發不發表又有什麼關係？出不出名又有什麼關係？關鍵是到了這個年紀，關於人生的來龍去脈，我們要想想清楚。有些朋友說，你正是因為想得太清楚了，才懶得動筆，其實恰恰相反，我是因為沒想清楚，其後果就是，世界在我腦子裡是一片一片的，沒有形成一個整體，我難以獲得寫作的動力。

然而從去年開始，我終究還是找到了一點動力，在編輯的催促之下，我寫了〈姐姐〉，我對它們並不滿意，然而它們對我卻有意義，就像經過漫長的沉睡突然甦醒，看得見天光，聽得見鳥叫，知道自己還活著，是這世界的一分子；知道自己還能思考，也有感情，呼吸微溫，有人的熱氣。我感慨萬千，同時告誡自己要保持平靜。在寫作的過程中，我重新找回了表達的熱情，找回了語感，找回了對我筆下每一個漢字的熱愛，我梳理了這七年來我的所思所想，覺得自己並沒有浪費這七年，事實上，正是這七年來的艱難停頓，使我與真正的寫作貼心貼肺。

從這個意義上講，我這次加入海峽兩岸「這世代」書系，與其說是因為具體的作品，不如說是因為作品之外某些抽象的文學因素，因為停頓，因為思量，因為人在人生和寫作之間產生的種種猶疑痛苦，我以為，這也是文學創作必不可少的一部分；這個獎項與其說是獎給我個人，不如說是獎給已經沉默了將近十年、卻仍在困惑的我們這一代人，我想評委藉此獎項是要告訴大家，寫作不單是碼字，它也是精神，也是理想，也是痛苦，也是熱愛。它其實是一個漫長的過程。

謝謝施戰軍主編、吳婉茹主編，謝謝重慶出版集團陳建軍副總。

二〇一二年一月

國家圖書館預行編目資料

十月五日之風雨大作／魏微著. --初版. --臺北市:寶瓶文化, 2012.06
面； 公分. --(island；170)
ISBN 978-986-6249-87-7 (平裝)

857.63　　101008966

island 170
十月五日之風雨大作

作者／魏微

發行人／張寶琴
社長兼總編輯／朱亞君
主編／張純玲・簡伊玲
編輯／禹鐘月・賴逸娟
美術主編／林慧雯
校對／禹鐘月・呂佳真・陳佩伶
企劃副理／蘇靜玲
業務經理／盧金城
財務主任／歐素琪　業務助理／林裕翔
出版者／寶瓶文化事業有限公司
地址／台北市110信義區基隆路一段180號8樓
電話／(02) 27494988　傳真／(02) 27495072
郵政劃撥／19446403　寶瓶文化事業有限公司
印刷廠／世和印製企業有限公司
總經銷／大和書報圖書股份有限公司　電話／(02) 89902588
地址／新北市五股工業區五工五路2號　傳真／(02) 22997900
E-mail／aquarius@udngroup.com

著作完成日期／二〇一二年一月
初版一刷日期／二〇一二年六月
初版二刷日期／二〇一二年六月五日
ISBN／978-986-6249-87-7
定價／二七〇元

AQUARIUS 寶瓶 文化事業

愛書人卡

感謝您熱心的為我們填寫，
對您的意見，我們會認真的加以參考，
希望寶瓶文化推出的每一本書，都能得到您的肯定與永遠的支持。

系列：Island170　　書名：十月五日之風雨大作

1. 姓名：＿＿＿＿＿＿＿＿　性別：□男　□女

2. 生日：＿＿年＿＿月＿＿日

3. 教育程度：□大學以上　□大學　□專科　□高中、高職　□高中職以下

4. 職業：＿＿＿＿＿＿

5. 聯絡地址：＿＿＿＿＿＿＿＿＿＿＿＿＿＿＿

   聯絡電話：＿＿＿＿＿＿＿＿　手機：＿＿＿＿＿＿＿＿

6. E-mail信箱：＿＿＿＿＿＿＿＿＿＿＿＿＿＿

   □同意　□不同意　免費獲得寶瓶文化叢書訊息

7. 購買日期：＿＿年＿＿月＿＿日

8. 您得知本書的管道：□報紙／雜誌　□電視／電台　□親友介紹　□逛書店　□網路　□傳單／海報　□廣告　□其他

9. 您在哪裡買到本書：□書店，店名＿＿＿＿　□劃撥　□現場活動　□贈書　□網路購書，網站名稱：＿＿＿＿＿＿　□其他＿＿＿＿＿＿

10. 對本書的建議：（請填代號　1. 滿意　2. 尚可　3. 再改進，請提供意見）

    內容：＿＿＿＿＿＿＿＿＿＿＿＿

    封面：＿＿＿＿＿＿＿＿＿＿＿＿

    編排：＿＿＿＿＿＿＿＿＿＿＿＿

    其他：＿＿＿＿＿＿＿＿＿＿＿＿

    綜合意見：＿＿＿＿＿＿＿＿＿＿＿＿＿＿＿＿＿＿＿＿

11. 希望我們未來出版哪一類的書籍：＿＿＿＿＿＿＿＿＿＿＿＿＿＿＿

讓文字與書寫的聲音大鳴大放

寶瓶文化事業有限公司

（請沿此虛線剪下）

廣　告　回　函
北區郵政管理局登記
證北台字15345號
免貼郵票

寶瓶文化事業有限公司　收

110台北市信義區基隆路一段180號8樓

8F,180 KEELUNG RD.,SEC.1,

TAIPEI.(110)TAIWAN R.O.C.

（請沿虛線對折後寄回，謝謝）